捨てられた邪気食い聖女は、血まみれ公爵様に溺愛される

～婚約破棄はいいけれど、お金がないと困ります～

rusu
かん

Hagiwara
萩原凛

CONTENTS

捨てられた邪気食い聖女は、血まみれ公爵様に溺愛される

～婚約破棄はいいけれど、お金がないと困ります～

第一章　婚約破棄は別にいいんですけど、お金がないと困ります

私の朝は早い。

顔を洗いブラウンの髪をとかし、神に仕える者のために用意された服に袖を通した。

この服は詰襟になっていて私の首部分の肌を隠してくれる。服の袖は長く、私の指先しか見えていない。床につきそうなスカート丈は私の足を覆ってくれている。

最後の仕上げに、顔を隠すための黒いベールを頭からかぶると私の肌はもう誰にも見えなくなった。こうすることで私の身支度は終わり、ようやく自室から出る準備が整う。

外に出ると、私の吐く息が白くなった。神殿内の空気は、不思議といつもひんやりしている。

誰もいない廊下を歩き、私は今日の祈りを捧(ささ)げるために聖堂に向かった。その途中、背後から大声で呼び止められた。

「エステル！」

私の心臓が驚きのあまり飛び跳ねる。この時間帯に私以外に人がいるなんて思っていなかった。

あわてて振り返り黒いベール越しに呼び止めた人を見ると、どこかで見たことがあるような青年が立っている。

えっと、誰だったかしら？

私をにらみつけている青年は、サラサラの金髪に驚くくらい整った顔をしていた。

神殿内のこの区域は誰でも入れる場所ではない。だから、ここに入れるこの青年の身分は高いということになる。でも、貴族社会にくわしくない私は、この青年が誰だったのか思い出せないでいた。

神殿に入る前、私は男爵家の長女だった。だけど、領地が貧しかったので社交界デビューはしていない。社交界デビューの準備にかかるお金を払えるほどの余裕が家にはなかったから。

私が対応に困っていると、身分が高そうな青年は、いきなり私の黒いベールを乱暴にはぎとった。

「あっ！」

「あいかわらず、醜い姿だな」

——醜い姿。

その言葉でこの青年のことをやっと思い出せた。

「……オグマート殿下」

二年前、第三王子のオグマート殿下に初めて会ったときも、同じ言葉を吐き捨てるように言われた。さすがにショックだったので覚えている。

「私の名前を呼ぶな。穢(けが)れが移る」

嫌悪を隠さないオグマート殿下の言葉で、私は鏡に映った自分の顔を思い出した。

皆は私を聖女と呼ぶけど、邪気の影響で黒い文様が体中の皮膚に浮かび上がった姿はたしかに醜い。

「どうして、おまえが私の婚約者なんだ？」

そんなことを言われても、私だって好きでオグマート殿下の婚約者になったわけではない。

聖女は、家のためにやっているけど……。

私の実家が治める男爵領は、やせた土地だった。特産品があるわけでもなく、観光名所があるわけでもない。私達家族も領民も生きていくだけで精いっぱい。

そんな暮らしの中である日、私に邪気を浄化できる力があることがわかった。家族がとめるのも聞かず、私は迷わず聖女になる道を選んだ。

なぜなら聖女には、王家と神殿から多額の援助金が支払われるから。そのお金があれば、大好きな家族が楽に暮らせるようになる。

だから私は喜んで聖女になり、自ら王都にある神殿に入った。だけど、私と入れ替わるように高齢だった先代聖女が亡くなってしまった。そして、今代聖女が私一人しか見つからなかったために、私が聖女になってから一年後、この国の王族と無理やり婚約させられてしまった。

オグマート殿下に会うまでは、私も王子様にそれなりの憧れを持っていたのよね……。

でも、初めてオグマート殿下に会ったとたんに、その憧れは音を立てて崩れ去った。手足に不気味な黒文様が浮かぶ私の姿を見たオグマート殿下に「醜い姿だ」と吐き捨てるように言われたから。

初対面で心底嫌われてしまった私は、それからオグマート殿下に避けられている。最後に会ったのは、オグマート殿下との婚約を発表するために開かれた王宮主催の舞踏会だった。それ以来、顔を合わせることはもちろん、手紙のやり取りすら一度もない。

そういうわけで、私が形だけの婚約者であるオグマート殿下の顔を忘れてしまっていても仕方がない気がする。向こうは私に会いたくないし、私だって嫌われている相手にわざわざ会いたいとは思わない。

今だって、オグマート殿下が私に向ける視線はひどく冷たい。

まぁ、私を毛嫌いするオグマート殿下の気持ちもわかるけどね。

この国には、今まで数多くの聖女がいたけど、私のように肌に黒文様が浮かび上がった聖女は一人もいない。

聖女とは祈りを捧げたあとに、一時的に邪気を浄化する力を得ることができる女性のこと。不思議なことに聖女は、私が暮らしているゼルセラ神聖国にしか現れないと言われている。

聖女が祈ったあとに邪気を浄化する方法はさまざまで、手をかざして浄化したり、歌を歌って浄化したりする聖女もいたらしい。

でも、私の力は『邪気を自らの体に取り込んで浄化する』というものだった。邪気を体に取り込む影響なのか、今では私の体中に禍々(まがまが)しい黒文様が広がっている。

聖女になって一年くらいは、黒文様は出ていなかった。しかし、二年目になると私の手足に黒文様が浮かび上がった。四年が経った今では、黒文様が私の全身に広がり、最近は顔にまで出てきてしまっている。

神殿の人々は、陰で私を邪気食い聖女と呼ぶ。もちろん、いい意味ではない。

そんな私とは違い、第一王子と第二王子の婚約者は、どちらもとても美しい女性だった。

だから、その当時、まだ婚約者がいないという理由だけで、醜い邪気食い聖女を押しつけられてしまったオグマート殿下は可哀想だと思う。

私は目の前にいるオグマート殿下に深く頭を下げた。

「お見苦しいものをお見せして、申し訳ありません」

フンッと鼻で笑ったオグマート殿下は、私からはぎとった黒いベールを床に投げつける。

「おまえとの関係は今日までだ。この国に新しい聖女が現れた」

初耳だった。

「そうなのですか⁉」

王都の邪気は増える一方なので、新しい聖女が来てくれたらとても嬉しい。そもそもいつの時代もこの国には聖女が複数人いた。だから、私一人しか聖女がいない今の状況のほうがおかしい。

オグマート殿下はニヤッと口端を上げげた。

「新しい聖女は、邪気食いのおまえとは違い、手をかざすだけで邪気を浄化できる。今までは、おまえしか聖女がいなかったから仕方なく受け入れてきた。しかし、本来、聖女は美しくあるべ

きだ！　だから、おまえのような醜い者を今後は聖女とは認めない！」

「そんな！」

聖女を辞めさせられると、実家が援助金を貰えなくなってしまう。青ざめる私を見てオグマート殿下は嘲笑っている。

「今さらあせってもムダだ！　もちろん、私とおまえの婚約も破棄だ！」

それは別にいいんですけど……。

オグマート殿下は、急にうっとりとした表情を浮かべて語りだした。

「新しい聖女マリアは美しい上に侯爵令嬢だ。彼女こそ私の婚約者にふさわしい。おまえとは大違いだ」

「……私はどうなるのでしょうか？」

遠慮がちに尋ねると、オグマート殿下の表情がとたんに冷たくなる。

「言っただろう？　おまえはもう聖女ではない。さっさと神殿から出て田舎にでも帰るがいい」

でも、聖女に支払われる援助金がないと私の家はやっていけない。

もうすぐ弟がアカデミーに入学するし、妹の社交界デビューも控えているのに……。弟や妹には貧しさからくる苦労をさせたくない。

私は、オグマート殿下に必死にお願いするしかなかった。

「殿下、どうかご慈悲を……」

オグマート殿下の口元がニヤリと上がる。

「ふーん、そうだな。そこまでいうなら、再就職先を紹介してやろう」

「ほ、本当ですか!?」

「ああ、おまえに似合いの醜い男がいる。王都から遠く離れた領地の田舎貴族だから、そいつの元で下働きでもなんでもするがいい」

下働きというと、メイドのようなお仕事かしら？

実家でも神殿に入ってからも、掃除洗濯は自分でやってきた。料理も少しくらいはできる。

聖女ほどは稼げないと思うけど、貴族の家での下働きなら家族に仕送りができるはず。

私はオグマート殿下に深く頭を下げた。

「ありがとうございます！」

「私から連絡してやろう。馬車も手配しておいてやる。だから、今すぐ私の前から消え失せろ！」

「はい！」

私はもう一度、オグマート殿下に深く頭を下げると、床に落ちている黒ベールを拾い、かぶり直した。そして、急いで神殿内にある自室に戻り荷物をまとめる。

私物なんてないから、カバンに着替えを詰め込むとすぐに神殿の馬車置き場に向かった。

私に気がついた馬車の御者が「オグマート殿下からお話を聞いています」と言って馬車に乗せてくれる。

「この馬車は、どこに向かうのですか？」

御者は「聞いていないんですか？」と驚いた。

「聖女様を急ぎフリーベイン公爵領にお連れするようにと言われています」

「フリーベイン公爵領……」

たしか、このゼルセラ神聖国と隣国カーニャの国境（くにざかい）にある領地で、頻繁に魔物が出るといわれている。その土地を治めるフリーベイン公爵は、残虐非道（ざんぎゃくひどう）だそうで王都では『血まみれ公爵』と呼ばれていた。

血まみれ……でもまぁ、私も『邪気食い聖女』なんて呼ばれているし、ただのウワサだよね？

魔物が出るような危ないところなら、聖女の力も必要としてもらえそうだわ。

血まみれと邪気食いなんて、ちょっとお似合いかもしれないとのんきなことを考えてしまう。

それにもし、フリーベイン公爵が本当に非道な行いをしているのなら、誰かが止めなければいけない。

私は「よろしくお願いします」と御者に深く頭を下げた。

＊

それから数日後。

途中で馬車から荷馬車に乗り換えて、私の旅は続いていた。

のどかな風景に思わずあくびが出てしまう。ポカポカ陽気が心地好い。

神殿から追い出されてしまった私は、王都を包み込むように存在していた邪気を浄化するというお役目がなくなった。

こんなにのんびり過ごすのは久しぶりだわ。なんだか身体の調子がいつもより良い気がする。

それでも顔を隠すための黒ベールは手放せない。邪気の象徴であるこの黒い文様は、見る人を怖がらせてしまうから。

オグマート殿下には嫌われてしまったけど、フリーベイン公爵領では、うまくやっていかないと……。

私は馬車に揺られながら、毎日の日課である祈りを始めた。

聖女の祈りを受け取ってくださるのは、大昔にこの国を救ってくださった大聖女様だ。初代聖女様でもある彼女は、その偉業からこの国の守り神として崇められている。

聖女としてのお役目はなくなってしまったけど、私は祈りのあとに離れて暮らす家族や領民達の無事を願った。王都の浄化をしつつ故郷の無事も祈る。これは私だけの秘密だった。

「私の大好きな家族や領民達がお金に困りませんように。毎日、笑顔で暮らせますように」

私がそうつぶやいたとたんに、ドドドッという地鳴りが聞こえてきた。

荷馬車の御者が「な、なんだ、ありゃ!?」と声を上げている。御者が指さすほうを見ると、遠くで土煙が上がっていた。それがすごい勢いでこちらに近づいてくる。

土煙を上げていたのは立派な騎馬隊で、あっという間に荷馬車は騎馬隊に取り囲まれてしまった。

「ひ、ひぇえ」と悲鳴をあげる御者を守るために、私は荷馬車から降りた。

「これは何事ですか？」

そう尋ねると、騎士達は一斉に馬から降りて地面に片膝をつく。

「聖女エステル様ですね？　我らはフリーベイン公爵家の騎士です。エステル様をお迎えに上がりました」

「わ、私を？」

驚く私を騎士達は「どうぞ、こちらへ」と豪華な馬車に案内した。一人の凛々しい女性騎士が私のカバンを運んでくれる。

「聖女様の荷物はこれだけですか？」

「あ、はい」

私の荷物を運んでくれた女性騎士は、馬車に一緒に乗りこむと礼儀正しく頭を下げた。

「キリアと申します。これから聖女様の護衛にあたらせていただきます」

「ご、護衛ですか？」

「王都では護衛はつきませんでしたか？」

「はい、私は神殿内にずっといたので……」

キリアは「では、慣れないかもしれませんが、ここは王都と違って危ないので、どうか私を護衛としてお側に置いてください」と再び頭を下げる。

「ええ!? そんなっ、私のほうこそよろしくお願いします」

私もあわてて頭を下げると顔を隠していたベールがずれてしまった。視線が合ったキリアはポカンと口を開ける。

「み、見えましたか？」

「……あ、はい」

ベールで隠していた禍々しい黒文様を見られてしまった。

「すみません……」

「いえ、こちらこそ」

ふぅとため息をつくキリア。

「公爵閣下は、エステル様のような方を婚約者にできて幸せですね」

「……え？ 今、なんて？」

「はい、公爵閣下は幸せ者だと」

「いえ、その少し前です」

「あ、エステル様のような方を婚約者にできて……ですか？」

「んん？」

聞き間違いでなければ、私が公爵様の婚約者になったと言われている。

「私が、公爵様の婚約者、ですか？」

「はい、そうです」

「あの、私はフリーベイン公爵領の下働きとしてここに来ました」

「下働き……ええっ!?　しかし、オグマート殿下から閣下へたしかに連絡が！」

キリアがいうには、オグマート殿下から公爵様宛てに手紙が届いたそうだ。

その内容は『いらなくなった婚約者をおまえにくれてやる』だった。

「だからエステル様は、閣下の婚約者になられたのですよね？」

「あ、あー……」

私は頭を抱えた。オグマート殿下がいい加減な手紙を送ったせいで、だいぶ誤解をさせてしまっている。

オグマート殿下は『エステルはいらないから、おまえにやる。好きにしろ』という意味で手紙を送ったのに、受け取った公爵様は『いらなくなったエステルをおまえの婚約者として与える』という意味で受け取ってしまっている。

これは、なんというか、大変な誤解が……。

オグマート殿下は『聖女は本来、美しくあるべきだ』と言っていた。私も自分が聖女になる前は、聖女様はきっと美しい方々なんだろうなぁと勝手なイメージを持っていた。

だから、公爵様も聖女はきっと美人だと思ってこの婚約を受け入れたはず。

それなのに、現れたのが全身黒文様まみれの醜い私だったら……。

ど、どうしましょう。こんな私が婚約者だなんて、公爵様も嫌がるわ。

でも、婚約者じゃなくて下働きなら許してもらえるかしら？

神殿では、黒文様まみれでも聖女としては働かせてもらえたから、公爵様の視界に入らないように働くくらいなら問題ないかもしれない。

一人で悩んでいても仕方がないので、公爵様に会って話してみるしかない。

はぁ、再就職は前途多難だわ。

＊

それからさらに数日後。

私とキリアを乗せた馬車は、ようやくフリーベイン公爵領にたどり着いた。

馬車の中から見える景色は牧歌的だった。たくさんの羊がのんびりと草をはみ、その横で羊飼いの少年が歌っている。

フリーベイン公爵領は、危ないところだと聞いていたけどそうは見えない。

興味津々の私に、護衛騎士のキリアは「何もないところでしょう？」と微笑んだ。

「いいえ、とても住みやすそうですね。魔物が出ると聞いていたのですが、ただのウワサだったようです」

平和なことはいいことだけど、平和な場所には聖女の仕事はないかもしれない。私が不安に思っていると、キリアは深刻な顔をした。

「いいえ、魔物は出ます」

「出るんですか⁉」

喜ぶことではないけど、仕事があるかもしれないと、つい喜んでしまう。

「ご心配なさらず。魔物が出たら、すぐにすべて討伐しております。ですから、エステル様が危ない目に遭うことは決してありません」

「そうなのですね！」

魔物は邪気を吸うと強くなるといわれているので、邪気を浄化できる聖女なら討伐の役に立てるかもしれない。

「では、今後は私も聖女として、その討伐に参加させていただいて……」

キリアは「未来の公爵夫人に、そのようなことはさせられません！」と顔を青くする。

「いや、ですから、それは誤解で……」

そんなやりとりをしているうちに公爵邸に着いてしまった。公爵邸は、王都の華やかなお城とは違い要塞のようなつくりになっていた。

私が馬車から降りると、馬車から公爵邸の入り口まで、ずらりと使用人が並んでいる。

「ようこそお越しくださいました！　聖女エステル様！」

「ひっ」

私は思わず小さな悲鳴をあげた。勘違いから大歓迎されてしまっているわ。

は、早く公爵様にお会いして謝罪しないと……。

ベールが脱げてしまわないように押さえながら、私は「よろしくお願いいたします」と頭を下げた。

そのとたんに、使用人達がザワッとざわめき「聖女様が私達に頭を下げた？」やら「なんてお優しいのかしら」というささやきが聞こえてくる。

ここの人達は、皆良い人ばかりみたい。

好意的に受け入れてもらえて嬉しいけど、問題は公爵様の婚約者と誤解されていることだわ。

困ったことに公爵邸には、婚約者用の豪華な部屋まで準備されていた。

「わぁ、お姫様が住むところみたい」

私のつぶやきを聞いたキリアが、「神殿とは違いますか？」と話しかけてくれる。

神殿内では、ずっと腫れ物にさわるように遠巻きにされていたので、キリアの距離感が嬉しくて仕方ない。

「はい、ぜんぜん違います」

神殿から与えられた私の自室は、簡素なつくりで家具も必要最低限の物しか置かれていなかった。

あ、でも、ここは公爵様の婚約者用のお部屋なのよね？　私が住んでいいところではないわ。

「あの、公爵様は？」

「今は外出されていますが、夜にはお戻りになられます」

「夜……そうですか。では、明日にでもお時間をつくってほしいとお伝え願えますか？」

「はい、もちろんです！」

申し訳ないけど、一晩だけこの素敵な部屋に泊まらせてもらおう。

そのあとの私は、部屋に控えていたメイドに旅の疲れを癒やすためにと入浴を勧められた。

それを聞いたキリアは、私に頭を下げてから「扉の前で待機しております」と告げて部屋から出ていく。

入浴を手伝うといってくれたメイドの申し出は丁重にお断りした。

こんな黒文様まみれの身体は誰にも見せられないから。

「あれ？」

身体を洗おうとしたとき、黒文様がとても薄くなっていることに気がついた。

「前は、もっと色が濃かったような……？」

鏡で確認したかったけど、ここには置かれていない。あとから確認しようと思いながら私は浴槽から出た。身体を拭いて、自分で持ってきていた神殿服に着替える。顔を黒ベールで隠すことも忘れない。

私がお風呂から上がるのを部屋で待ち構えていたメイドは、綺麗なワンピースを手に持っていた。

「わぁ、素敵。これはどなたのですか？」

部屋に控えていたメイドに尋ねると「もちろん、エステル様のものです」と言われてしまう。

こ、こんなに綺麗なワンピースが私のもの⁉　あ、そういえば、公爵様の婚約者と勘違いされているんだった。

「お気に召しませんか？　でしたら、すぐに別のものをお持ちします！」

青い顔で部屋から飛び出していこうとするメイドを、私は必死にとめる。

「いえいえ、これが良いです！　これを着ます！」

今、話をややこしくするわけにはいかないわ。

メイドに部屋の外に出てもらい、私はワンピースに着替えた。とても着心地が良くてうっとりしてしまう。綺麗なワンピースに着替えたあとも、顔を隠す黒ベールは外すわけにはいかない。

急いでメイドに「着替えました！」と報告すると、彼女は「お似合いです！」と満面の笑みで褒めてくれた。そして、私を立派な食堂へと案内してくれる。

食卓テーブルには花が飾られ、真っ白なテーブルクロスの上で銀食器が輝いていた。運ばれてくる食事は、どれも高級そうな料理ばかり。

「こ、これ、私が食べていいのでしょうか?」

キリアやメイド達はニコニコしている。

「もちろんです! エステル様のために料理人が腕によりをかけて作りました。お口に合えばいいのですが」

周囲の不安そうな視線を感じながら、私はナイフとフォークでステーキを切り分けたあとに、ベールを少しだけ持ち上げて料理を口に運んだ。

とたんに口の中にジュワと肉汁が広がり、やわらかいお肉がとろけていく。

「お、おいしい」

ああ、私が公爵様の婚約者だなんて誤解だけど、誤解だけど幸せ!

涙を浮かべながら「おいしいです! こんなにおいしい食事は初めてです!」と繰り返していると、使用人達は、皆温かい笑みを浮かべてくれる。

明日からは、私も同じ使用人ですけど、どうか嫌わず仲間に入れてくださいね!

そんなことを思いながら、私はふかふかなベッドで眠った。

ふと夜中に目が覚めたのは、キィと扉が開く音が聞こえたからだった。気のせいかと思ったけど、コツコツと足音が近づいてくる。

護衛騎士のキリアは、「この部屋は、厳重に警備されているので安心してお休みください」と言っていた。

だから、この部屋に入れるのは危ない人ではないはず。もしかして、キリア？　それともメイド？　何か緊急事態なのかもしれない。

私はベッドから起き上がると寝室から出た。室内は暗くて相手の姿がよく見えない。

「どちらさまですか？」

声をかけると人影が立ちどまった。

「……俺に話があると聞いた」

低く落ち着いた声だった。

「話って、あっ！」

そういえば、『明日にでも時間をつくってほしい』と公爵様に伝言をお願いしていたわ。

「もしかして、公爵様ですか？」

人影がコクリとうなずいたので、私はあわてて頭を下げる。

「お初にお目にかかります。私はエステルと申します。実は婚約の件でお話が――」

「俺もその件で話がある」

硬い声で話をさえぎられた。

「はい、なんでしょうか？」

「婚約の件は、なかったことにしてくれ」

「と、言いますと？」

公爵様からの言葉を待っていると、月を覆っていた雲が晴れて、窓から月明かりが差し込んだ。

月明かりに照らされた公爵様は、背の高い青年だった。その顔には見慣れた黒文様が浮かんでいる。

ハッとなり両手で口を押さえる私を見て、公爵様は自嘲した。

「この醜いアザが理由だ。俺の全身に広がっている。おぞましかろう？」

私は、無言で首をふった。

「無理をしなくていい」

「あ、あの！」

私は一生懸命に自分の顔を指さした。ついさっきまで寝ていたので黒ベールをかぶっていない。

私の顔には、公爵様と同じ文様が浮かんでいるはずなのに、公爵様は不思議そうな顔をしている。

「あれ？」

仕方がないので私が袖をまくると、腕にあった黒文様は消えていた。

「おかしいわ」

ナイトドレスをずらして肩を出すと、ようやく見慣れた黒文様を見つけられた。

「な、何を!?」

驚いている公爵様に、私は肩の黒文様を指さす。

「あの、公爵様、これを見てください！」

公爵様の瞳が大きく見開いた。

「あなたにもアザが……どうして？」

「私は邪気を吸収して体内で浄化する聖女なのです。その影響でこうなってしまって……。公爵様は？」

「俺は、幼いころから魔物討伐で返り血を浴び続けていたらこうなった。ずっと俺だけなんだと……」

「私も黒文様が浮かび上がるのは、私だけだと……」

だって、歴代聖女の中に黒文様が浮かび上がった人は、一人もいなかったから。

この数年間、私は毎日王都の邪気を浄化した。それでも邪気は増す一方で、少しずつ私の身体の黒文様は広がっていった。

邪気にまみれていく自分は、いったいどうなってしまうの？

ずっと不安だったけど相談できる人はいない。こんな気持ちを抱いているのは私だけなんだと思っていた。まさか、私と同じように黒文様で苦しんでいる人がいたなんて。

「公爵様……」

子どものころから過酷な境遇だった公爵様に、こんなことを言うと怒られてしまうかもしれない。でも、私はどうしてもこの言葉を言いたかった。

「私達、一緒ですね！」

公爵様は、しばらく無言で私を見つめていた。やっぱり怒らせてしまったのかもしれない。

「エステル、と言ったか？」

「は、はい、そうです」

「俺はアレク・フリーベインだ。アレクと呼んでくれ」

「でも……」

婚約の誤解が解けて、これから下働きをさせてもらう私が、公爵様を名前で呼ぶわけにはいかない。

「えっと、あの、お気持ちだけで」

私がそう伝えると、公爵様はなんとも言えない顔をした。

＊＊＊

Side: オグマート第三王子

ようやくエステルを王都から追い出せた私は、清々しい気分だった。

この国の第三王子である私の婚約者が、あんなに醜い者であっていいはずがない。

父である陛下には、いつも『この国には聖女が必要だ』と言われていた。だから、私は王族の務めだと自分に言い聞かせて、仕方なく邪気食い聖女と婚約を続けていた。

でも新しい聖女が現れた今、もう我慢する必要はない。

三日前に神殿を出たエステルは、今ごろ王都を遠く離れてフリーベイン領に向かっているはず。今まで聖女をしていたエステルがいなくなったのに、神殿はまだ何も言ってこない。やはり、新しい聖女が現れた今、エステルは不要だったのだな。

私は聖女マリアを王城に呼び出した。

侯爵令嬢であるマリアは、私に向かって上品に淑女の礼をとる。

波打つ金色の髪に透き通るような白い肌。元婚約者のエステルにはなかった優雅さや美しさがそこにはあった。

「オグマート殿下にご挨拶を申し上げます」

「マリア、よく来てくれた！」

彼女こそ、私の婚約者にふさわしい。私はマリアに優しく微笑みかけた。

「邪気食いのエステルとは婚約破棄をし、王都から追い出した。これからは、あなたが私の婚約者だ」

喜んでくれると思ったマリアは、「……何をおっしゃっているのですか？」と表情を曇らせる。

「何をって、エステルを追い出したから、今日からあなたがこの国の聖女になれるんだよ」

「殿下は、何を言って……？　聖女エステル様を追い出した？　ウソですよね？」

「ウソじゃない！　あんなに醜い姿の女、聖女にも、私の婚約者にもふさわしくないだろう？　だから、追い出してやったんだ！」

マリアは、ようやく事態をのみ込めたのか口を大きく開けた。

「なんて、愚かなことを……陛下はご存じなのですか⁉　聖女エステル様なしで、この王都をどうするおつもりですか⁉」

「陛下にはあとから報告するよ。でも、マリア、王都にはあなたがいるじゃないか」

その言葉に、マリアは青ざめる。

「私の聖女の力は、手をかざしたところの邪気しか浄化できないのです！　それでも、聖女エステル様のお役に立ちたくて、こうして志願したのに、まさかエステル様を追い出すなんて！」

「エステルの邪気食いなんて、この国には必要ない！」

「聖女のお役目は王都の邪気を浄化することです。でも、エステル様が聖女になられてからは、王都だけではなく国中から魔物の被害が激減しました。他国と違い、この国にはめったに魔物が現れないのは、すべてエステル様のおかげなのですよ⁉　歴代聖女の中でも、エステル様ほど力が強い聖女は存在しません！」

「そ、んな……」

急に城内が慌ただしくなった。王宮騎士がかけよってくる。

「オグマート殿下！」

「どうした⁉」

「魔物です！　城下に魔物が現れました！　陛下より『すぐに総指揮をとれ』とのことです！」

「総、指揮？　私が？」

たしかに私は、この国の防衛を任されていた。でも、今までは平和そのものだった。だから、実際に戦場で指揮をとったことなど一度もない。最近では、剣の鍛錬すらしていなかった。

「マ、マリア」

すがるようにマリアを見ると「魔物など、私の手にはおえません！」と突き放される。

「殿下！　ご出陣を！」

周囲にせきたてられ、勝手に戦に出る準備を整えられた。

「あ、う……い、嫌だ！」

魔物になんて勝てるはずがない！

「そ、そうだ、エステル！」

エステルならきっと私を助けてくれる。今ならまだ呼び戻せるはずだ。

「エステルを呼べ！」

側にいた侍従に叫ぶと、侍従は青ざめていた。「聖女エステル様の姿は、数日前から神殿のどこにも見当たらないそうです！　国王陛下が神殿は罪を免れるために、聖女に何かあったことを今まで隠ぺいしていたのではないかと糾弾しております！」

まずい。すでに大事になってしまっている。

エステルに何があったのかを説明する前に、私は王宮騎士に両脇をつかまれ無理やり引きずられた。

「なっ⁉　離せ！」

「殿下、一刻を争います！」

「た、助けてくれ！　エステル！」

私の叫びに応えてくれる者はいなかった。

＊＊＊

公爵様と別れたあと、私は無事に誤解が解けたことにホッとしていた。

それにしても、私の身体に浮かぶ黒文様が消えていたのは、どういうことなのかしら？

不思議に思いながらも、旅の疲れが出たのか私はベッドに横になったとたんに眠ってしまった。

次の日の朝、鏡を見ると私の顔にあった黒文様が消えていた。手や足を確認しても綺麗さっぱりなくなっていて、もう黒文様は左肩にしか残っていない。

「夢や勘違いじゃなかったのね」

部屋の扉がノックされた。私はいつものくせで黒いベールをかぶろうとしてやめる。黒文様がなくなったのなら、もう顔を隠す必要はない。

「失礼します！」

そう言って部屋に入ってきた護衛騎士キリアは、私に深く頭を下げた。

「昨晩は大変申し訳ありませんでした！　夜に戻った閣下にエステル様のお言葉を伝えたところ、そのままエステル様の部屋に向かわれてしまったようで！」

「あ、いえいえ！　お気になさらず」

「実は昨日、閣下も一緒にエステル様をお出迎えする予定だったのですが、領内に魔物が出てしまい。閣下と一部の騎士達で討伐に向かっておりました」

「魔物の討伐……」

公爵様は、子どものころから魔物を倒して返り血を浴び続けることにより黒文様が現れたといっていた。

「ここでは、魔物の討伐が当たり前なのですね」

王都では長らく魔物が出没していない。それは歴代の聖女達の祈りによって守られてきたから。だから、魔物と戦う必要がなかった。

もしかして、公爵様が王都で『血まみれ公爵』と恐れられている理由は、公爵様自ら魔物退治をするからなのかも？

「エステル様を怖がらせてはいけないと、閣下自ら魔物討伐をしていることを黙っておりました。お許しください。それでなくとも閣下は、あまり明るいうちに出歩くことがなく。その、少し事情がありまして……。なので、失礼を承知で、夜にエステル様のお部屋に向かわれたのだと……」

キリアは、言いにくそうにしているけど、公爵様が明るいうちに出歩かない理由が私にはわかる。

きっと体に浮かんでいる黒文様で、人々を怖がらせないためよね。私も同じ理由で、今までずっと黒ベールで顔を隠していたからわかる。

「公爵様の体中にアザが……黒文様があるからですよね？」

「え？」

驚くキリアに私は左肩に残っている黒文様を見せた。

「実は私にもあったのです。もっとひどかったのですが、フリーベイン領に来たらなぜか消えてしまって。今では肩にしか残っていません」

「ええっ⁉　では、エステル様のお力で閣下の黒文様も消せるんですか⁉」

「消える条件さえわかれば可能だと思います」

私を見つめるキリアの瞳がキラキラと輝いている。

「さすが聖女様！」

「いえ、まだ消せると決まったわけでは……」

「そうですが、それでもやはりすごいです！」

こんなにまっすぐほめてもらえるなんて、なんだかくすぐったい。

「さぁさぁ朝食に向かいましょう！　料理人がエステル様のために腕をふるいましたよ！」

「その件ですが……あ、待ってキリア」

はりきるキリアに背中を押されて、私は食事の席まで連れていかれてしまった。

今日も食卓テーブルには花が飾られ、美しい食器が並べられている。

「さぁ、どうぞ」

キリアが椅子を引いて座らせてくれた。

「いえ、あの私は、公爵様の婚約者じゃなくて――」

使用人なのですと言う前に、料理が運ばれてくる。

うっ……おいしそう。

私は罪悪感にさいなまれながら朝食をいただいた。

「おいしい！　本当においしいです！」

フリーベイン公爵領の食事は、どれもとてもおいしい。味付けが良いのはもちろんのこと、王都で食べる料理より食材が新鮮な気がする。

使用人達の温かい眼差し（まなざし）を感じて私は我に返った。

「って、違う！」

「エステル様？」

戸惑うキリアに、今度は私が頭を下げる番だった。

「ごめんなさい！　実は私、本当は公爵様の婚約者ではないんです！」

使用人達は、一斉にポカンと口を開ける。

「私の醜い姿が理由で聖女をクビになり、王都から追い出されてしまったんです。フリーベイン領には働きに来ました。下働きでもなんでもします。ここに置いてください！」

「エステル様が醜い？　あの、エステル様、何か誤解があるようです。私達は、今朝、閣下よりエステル様に最高級のおもてなしをするように、と指示を受けました」

「でも、私は公爵様の婚約者ではないのに？」

キリアとしばらく見つめ合ったあと、私はハッとなった。

「もしかして……」

公爵様は、同じ黒文様で苦しんできた私を哀れに思ってくださったのかもしれない。

私だって昨晩、公爵様の黒文様を見て、不謹慎（ふきんしん）にも一緒だと嬉しくなってしまった。

公爵様も同じ気持ちだったのかも？

「なるほど、公爵様と私は、黒文様仲間ということなのね……」

「えっと、エステル様？」

だいぶ状況がわかってきた。

「わかりました。公爵様のお気持ちはありがたくいただきます」

キリアを含めた使用人達は、ホッと胸をなでおろしている。

「エステル様、お部屋はいかがでしたか？　閣下より、部屋が気に入らなかったら、エステル様の好きに改装していいと言われています」

「改装？　いえ、あのままで十分すてきです」

「それは良かったです！」

部屋はあのまま使わせてもらっていいみたい。もう私が使ってしまったから、公爵様に本当の婚約者ができたら、きっと全面改装するわよね？

「じゃあ、お言葉に甘えて部屋はあのまま使わせていただきますね」

「はい！　あ、エステル様、閣下から『必要なものを言ってくれ。すべてこちらでそろえる』とのことです」

「え？」

たしかに神殿で着ていた服は、ここでは浮いてしまう。私は、神殿服以外に着替えなんてもっていない。今もワンピースを貸してもらっている。

「そうですね、ありがとうございます。では、着替え用にメイド服を二着いただけませんか?」

メイド服なら動きやすいし、汚れてもすぐに洗えるからね。

「メイド、服?」

ざわつく使用人達の中で、キリアは「さすが聖女様! つつしみあるお言葉ですが、あなたは次期公爵夫人になるお方! メイド服では困ります。こちらでエステル様に似合うものをそろえさせていただきますね!」と明るく笑う。

うーん、誤解が根深いわ。これは公爵様から直接、皆さんに説明していただかないと。

でも、追い出されなくてよかった。

公爵様の優しさに感謝しながら、私はここでお役に立てることがないかと真剣に考え始めた。

朝食を終えたあと、私は公爵邸の中をキリアに案内してもらった。

公爵邸は、王城とも神殿とも違うつくりだった。外敵と戦うために作られた建物だそうで、その周りは頑丈な壁で取り囲まれている。

キリアは「もし、魔物の大群が押し寄せたり、大きな戦が起こったりした場合は、公爵邸自体が領民の最終避難地になります」と教えてくれた。それくらい、この土地は危険と隣り合わせということなのだろう。

ここで私に何ができるかしら?

考え込む私に、キリアが微笑みかけてくれる。

「ご安心ください、エステル様。閣下が守ってくださいます！　閣下はすごくお強いんですよ！　騎士団員の憧れです」

「公爵様は、皆に愛されているのですね」

「もちろんです！　だからこそ、エステル様のような素敵な方が閣下の婚約者様になってくださって本当に嬉しいです」

「うっ」

この勘違いを公爵様に解いてもらうまで、下働きはさせてもらえなさそう。

フリーベイン領は、頻繁に魔物が出るとのことだから、聖女の力を使ってお役に立てることを探したほうがいいのかもしれない。

子どものころから魔物討伐していた公爵様は、そのせいで黒文様が体中に浮かび上がっている。聖女の力があれば公爵様の負担を減らせるかも？

「……あれ？」

私は隣を歩くキリアを見た。

「魔物討伐には、キリアも参加していたのですか？」

「はい」

「そのときに魔物の返り血を浴びることはありましたか？」

「そうですね、ありました」

私はキリアの顔や手を見つめた。どこにも黒文様は現れていない。

「ねぇキリア、公爵様以外に黒文様が現れている人はいますか？」

キリアは驚き首をふる。

「いえ、騎士団の中にはいません。領民の間でも聞いたことはありません」

騎士団員なら公爵様と同じように魔物の返り血を浴びることもあるはず。それなのに、公爵様以外の人には黒文様は出ていない。

返り血を浴び続けていた長さが原因なのかしら？

くわしいことはわからないけど、公爵様の体に邪気が溜まっている状態なら、その溜まった邪気を浄化すればいいのでは？

私は体内に邪気を取り込み浄化する力があるけど、王都の邪気は年々濃くなっていき、私一人では浄化しきれなくなっていた。

そのせいで、私の体に黒文様がどんどん広がっていったけど、王都を出て邪気の浄化をやめると黒文様が消えた。

「ということは、もしかして、公爵様の体に溜まっている邪気を浄化したら、公爵様の黒文様も消える……？」

私のつぶやきを聞いたキリアは目を見開いた。

「キリア、公爵様に会いたいです」

でも、まだ明るいので公爵様は外に出たがらないかもしれない。

「夜でも、いつでもいいので」

「わかりました」

キリアは深刻な顔でうなずくと、近くにいたメイドに指示を出した。メイドはすぐにその場から離れる。

公爵様に会えるのは夜になるかもと思っていたけど、戻ってきたメイドは私をすぐに公爵様の元へ案内してくれた。

「こちらが公爵様の執務室です。エステル様、どうぞ」

「どうぞと言われましても……」

お仕事中に入っていいのかしら？

私がためらっているとメイドが執務室の扉を開けてしまった。

「あっ」

「エステル様がいらっしゃいました」

中から「どうぞ」と低く落ち着いた声が聞こえる。

私は緊張しながら執務室の中へと足を踏み入れた。

広い執務室の中は、必要なもの以外置いていないといった雰囲気だった。執務机に向かい書類を確認していた公爵様が顔を上げる。

他に誰もいないせいか、顔を隠していない。

公爵様は黒髪だったのね。昨晩、月明かりの下で会ったときは薄暗くて色までわからなかった。

透き通るような紫色の瞳が、私に向けられている。

「俺に話があると聞いたが？」

「あっはい」

公爵様の顔が整いすぎていて、つい見惚れてしまったわ。黒文様のせいで、この顔を隠しているなんてもったいない。

「あの、公爵様を浄化したいのですが、少しだけお時間をいただけませんか？」

「俺を浄化？」

「はい、少し試してみたいことがありまして……」

うまくいけば黒文様が消えるかもしれないけど、必ず消えるとは言えない。期待だけもたせるわけにはいかないので、私は言葉を濁した。

「えっと、あやしいことはいたしません！」

「そんなことは心配していない」

公爵様は椅子から立ち上がると「俺はどうすればいい？」と尋ねた。

「フリーベイン領には聖女が来たことがない。だから、浄化がどういうものかわからないんだ」

「あ、そうですよね」

聖女の数が多い時代では、聖女達は王都以外の土地にも出向いて浄化に当たっていたらしい。

でも、今の時代の聖女は私しかいなかったので、私が王都から出ることはなかった。

オグマート殿下は、新しい聖女が現れたと言っていたので、もしかすると、これから聖女が増えていくのかもしれない。そうだったら、とても嬉しい。

聖女が邪気を浄化し続けると魔物の出現率は下がる。実際、私が生まれ育った故郷では六十年前に一度、魔物が現れたくらいで、それ以降魔物を見た者はいない。

こんなに頻繁に魔物が出るのは、フリーベイン領くらいかもしれないわ。

私は公爵様に微笑みかけた。

「公爵様は、何もしなくていいですよ。そのままそこに立っていてください」

目をつぶり、いつものように大聖女様に祈りを捧げる。

私の祈りが届いたようで、公爵様から黒いモヤが湧き出てきた。この黒いモヤが邪気だ。

邪気は私の体に吸い込まれていく。私は『邪気食い』なんて呼ばれているけど、実際に邪気を口から食べるわけではない。

すべての邪気が消えたあと、私はじっとしてくれている公爵様に顔を近づけた。

「あれ？　顔の黒文様が少し薄くなっていませんか？」

「まさか」

公爵様はそう言うけど、本当に薄くなっているように見える。

「公爵様、鏡を見てください」

「鏡などこの部屋にはない」

「あっ、そうですよね」

わざわざ執務室に鏡を置いて、自分の顔に浮かぶ黒文様を見たいなんて思わない。

私は執務室から出ると、扉前に控えていたメイドに声をかけた。

「鏡を持ってきてください」

「はい」

メイドはすぐに手鏡を持って戻ってきた。それを受け取った私は「どうぞ」と公爵様に手鏡を差し出す。鏡を見た公爵様の瞳が大きく見開いた。

「本当だ……薄くなっている」

「ですよね⁉」

「信じられない！」

私達は喜びのあまり、気がつけば手を取り合っていた。

「エステル、あなたはすごいな⁉」

「いえ、お役に立ててうれしいです！　これから毎日、公爵様の邪気を浄化しますね！」

「ああ、頼む！」

気がつけば公爵様の顔がすぐ近くにあった。

「す、すまない」

繋いでいた手がパッと離される。

「こちらこそ、すみません」

公爵様は、黒文様仲間だから自然と気を許してしまうわ。

でも、ちゃんとわきまえた態度を取らないと、元婚約者のオグマート殿下に嫌われていたように、公爵様にもまた嫌われてしまうかもしれない。

公爵様は、コホンと咳払いした。

「エステル、あなたにお礼がしたいのだが」

「あ、それでしたら……」

公爵様にお礼がしたいと言われた私は思い切って望みを伝えた。

「ここで聖女として働かせてください。そして、その分の……報酬をいただきたいのです」

この国では、貴族があくせく働き賃金をもらうのは、恥ずかしいこととされている。でも、私の実家の男爵領は貧しかった。だから、領主の家族である私達も働くのが当たり前。

生きるためには恥ずかしいだなんて言っていられない。

そんな家族のためにも、男爵領で暮らす人達のためにもお金は必要だ。

公爵様に「報酬というと?」と聞かれたので「お金です」と伝える。

「私の家に仕送りをしたいのです」

腕を組んだ公爵様は、何かを考えこんでいるようだった。

『金銭を要求するようなやつは聖女じゃない！』とか言われて、フリーベイン領から追い出されたらどうしよう……。

緊張しながら公爵様の言葉を待っていると、「すまない」と謝られてしまった。

やっぱり無理なのね。

「ご無理を言ってすみませ――」

「すぐに渡せる報酬が、金貨十袋くらいしかないのだが足りるだろうか？」

私の言葉をさえぎって、公爵様がとんでもないことを言ったような気がする。

金貨十袋？　ふくろ!?

いやいや、おかしいわ。きっと金貨十枚と聞き間違えてしまったのね。それか公爵様は冗談を言っているのかも？

顔を上げて公爵様を見ると、とても真剣な表情をしていた。冗談を言っているような顔ではない。

「公爵様、今、金貨十袋と聞こえたのですが？」

「そうだ。すぐに渡せる金貨が十袋しかない。聖女への対価としては足りないだろう。至急用意させるから、数日待ってもらえないだろうか？」

私は無言で公爵様を見つめた。公爵様も私を見つめている。

聞き間違いでも冗談でもなかったのね。公爵様は、本当に金貨十袋以上を支払おうとしている。

「あの、多すぎです」

「そうなのか？　だかしかし、聖女の浄化は奇跡の力だぞ。たった今、俺もその奇跡を見せてもらった」

尊敬するような眼差しを向けられて、なんだかそわそわしてしまう。神殿内では、邪気食い聖女と遠巻きにされていたから、こんな風にほめてもらったことがない。

「ありがとうございます。でも、お金は働いた分だけで大丈夫です。それだと多すぎます」

「聖女に支払う金額の相場がわからないのだが？」

「……それはそうですね」

新しい聖女マリア様が現れるまで、私一人しか聖女がいなかったから王都以外の他の領地で、聖女を雇うなんてことはありえなかった。

「では、実家に手紙を出して、王家と神殿からもらっていた援助金の金額を聞きますね。それを参考にして決めるのはどうでしょうか？」

手紙には『神殿から追い出されてしまったけど、私は元気に暮らしている』ということも書かないとね。家族を心配させたくない。

「わかった、そうしよう。で、俺からの礼は何をさせてもらえばいいんだ？」

私はもう一度公爵様をまじまじと見つめた。公爵様は不思議そうな顔をしている。

「公爵様。お礼って？」

「あなたがフリーベイン領で、聖女の力を使ってくれることは願ってもないことだ。ぜひお願いしたいし報酬も必ず支払う。それとは別に俺の浄化をしてくれた礼がしたい」

「えっと。ですから、それが聖女の力なので報酬以外にお礼はいりません」

「俺の気持ちの問題だ。あなたに感謝を伝えたい」

「感謝……」

聖女は国のために力を使うことが当たり前だった。誰にも感謝なんてされない。今まで私もそれが普通のことだと思っていた。

だからこそ、予想外の公爵様の言葉に私の胸は温かくなる。優しい公爵様を苦しめる黒文様が一日でも早くなくなればいいのに。

「ありがたくお気持ち受け取りますね」

「ああ、なんでも言ってくれ」

「では、公爵様の黒文様を完全に消すために邪気について調べたいです。だから、フリーベイン領にある本を読ませていただけませんか？」

公爵様は端正な眉をひそめた。

「俺のために本を？　それでは、礼になっていないような気がするのだが」

「そんなことはありませんよ。公爵様の気のせいです」

クスクス笑っていると、公爵様の口元にも笑みが浮かぶ。

「エステル、俺のことはアレクと……」

公爵様の言葉をさえぎるように扉がノックされた。

「キリアです。入ってもよろしいでしょうか？」

「入れ」

公爵様の許可を得てから執務室に入ってきたキリアは神妙な面持ちだった。その後ろには、私をここまで案内して手鏡を持ってきてくれたメイドの姿もある。

何かあったのかしら？

公爵様もそう思ったようで「何かあったのか？」と尋ねている。

「いいえ、エステル様の帰りが遅いのでお迎えにあがりました」

チラッとこちらを見たキリア。その顔は何か言いたそう。

あっなるほど、キリアも公爵様の黒文様がどうなったのか知りたいのね！

メイドに手鏡を持ってきてもらったし、公爵様と一緒になって喜んでいたので騒がしかったのかもしれない。

「キリア、浄化は大成功でしたよ。公爵様のお顔の黒文様が少し薄れました。これを続けると綺麗になくなると思います」

「そうなのですね⁉　すごいです、エステル様！」

ここの人達は、すぐにほめてくれるので、なんだかくすぐったい。

「公爵様のお役に立ててうれしいです」

「エステル」

私の名前を呼んだ公爵様は、銀色のカギを私の手のひらに置いた。

「公爵邸内にある図書館のカギだ。あなたが持っていてくれ。いつでも入っていいし、どの本を読んでもいい」

「ありがとうございます！」

キリアは、さっそく私を図書館まで連れていってくれた。公爵邸内の図書館は、とても広い。

その広い壁一面に本がずらりと並んでいる。

「二階にも本があるのね」

本棚の前で本の整理をしていた男性が「何をお探しですか？」と聞いてくれた。

「あなたは？」

「この図書館で働く司書です」

図書館司書に「邪気関連の本を読みたいです」と伝えると、すぐに五冊持ってきてくれた。

「五冊だけ？」

「はい、ここにあるものは、これですべてです」

五冊とも借りて部屋に戻った私は、キリアやメイドに下がってもらい一人で本を読んだ。

どの本にも、『邪気は聖女が浄化するもの』としか書かれていない。それに邪気の本というより、聖女の奇跡をつづった本ばかり。

なるほど、聖女がいるこの国では邪気の研究をする必要がないのね。だって、邪気は聖女が浄化してくれるものだから。

もしかすると聖女がいない国でなら、もっと邪気の研究がされているのかもしれない。

「これ以上、調べても仕方ないわね」

私は本を閉じてため息をついた。

「とにかく、ここで私ができることをしましょう」

私を温かく受け入れてくれたフリーベイン領のお役に立ちたい。優しい皆さんの笑顔をもっと見たい。そんな気持ちでいっぱいだった。

第二章　その役目、お任せください！

私がフリーベイン領に来てから、あっという間に二か月が経った。私は公爵様の元で、聖女の仕事をしながらのびのびと暮らしている。

護衛騎士のキリアがニコリと私に微笑みかけた。

「エステル様、今日は外でお茶にしましょう」

「あれ？　昨日も外でお茶をしませんでしたか？」

「そっそうなのですが、あのえっと、その……」

キリアの瞳は、左右に泳いでいる。

「あ、その、天気がいいですし、今日もどうでしょうか？」

いつも落ちついているキリアがこんなに慌てるなんて、何か外でお茶をしたい事情があるのかもしれない。

「そうですね。そうしましょうか」

キリアと並んで公爵邸の庭園に向かうと、心地好い風が吹き抜けていく。

木漏れ日の下には、すでにお茶の準備が整えられていた。白いテーブルの上においしそうなお菓子が並び、ピンク色の可愛い花が飾られている。

キリアが椅子を引いて私を座らせてくれた。彼女はいまだに私のことを丁寧に扱ってくれている。

「いつもありがとうございます」

私がお礼を伝えると、キリアは困ったような顔をした。

「エステル様。そろそろ我らに敬語をおやめください。あなたは公爵夫人になるお方……」

その言葉を聞いて、今度は私が困った顔をする番だった。

二か月経った今でも、公爵邸の人達は、私を公爵様の婚約者だと誤解している。

たしかに、公爵様は私にとても良くしてくれているけど……。

たくさん贈り物をくれたり、『俺のことは、アレクと呼んでくれ』と言ったりしてくれる。でも、それは黒文様仲間としてで、そこに恋愛感情はない。

私はもう一度、キリアの説得をこころみた。

「キリア。何度も言いますけど、公爵様にははっきりと『この婚約はなかったことに』と言われています。だから、そもそも私を護衛する必要はないんですよ?」

「くっ！　閣下はいつになったらエステル様を落とせるんだ！」

「あの、キリア?　私の話を聞いていますか?」

たぶん聞いていない。今回も誤解を解くのに失敗してしまったわ。

私がハァとため息をつくと、偶然にも公爵様が通りかかった。

「エステル」

「あ、公爵様」

左手に剣を持っているので鍛錬のあとに通りかかったのかもしれない。

「あなたの姿が見えたので」

キリアが「せっかくなので、閣下もご一緒してはいかがでしょうか？」と公爵様にすすめている。

そういえば、昨日もバッタリ出会って一緒にお茶をしたような？

キリアのすすめでお茶の席についた公爵様の元に、すぐに淹れたてのお茶が運ばれてくる。

ちょうどいいから、公爵様に私が婚約者だという誤解を解いてほしいとお願いしよう。でも、どうやってこの話を切り出そうかしら？　もしかしたら、誤解をしているキリアやメイド達がいる場所では言わないほうがいいのかもしれない。悩んだ結果、私はひとまず当たり障りのない会話をして様子を見ることにした。

「えっと、もしかして、公爵様も休憩時間ですか？」

「俺のことはアレクと呼んでくれと……。いや、まぁそんな感じだ」

そう答えた公爵様の顔に浮かび上がっていた黒文様は綺麗に消えていた。浄化を続けることによって、体中にあった黒文様もどんどん薄れてきている。

今思えば、元婚約者のオグマート殿下が公爵様のことを『醜い男』と言っていたのは、私と同じ黒文様があったからなのね。

公爵様は黒文様があっても整った顔をしていたのに、黒文様がなくなった今は、誰が見ても美しい青年だった。日々鍛えているせいか、体つきもたくましい。

美青年を眺めながら過ごせるって幸せよね。

私は、おいしいお茶を飲みながら、サクサクのクッキーを食べた。フリーベイン公爵領の食事はどれもおいしい。公爵様もカップを口元に運んでいる。

「そういえば、私達、最近よく会いますね」

お茶を飲んでいた公爵様がゴフッと小さくむせた。なんだか急に顔色が悪くなったような気がする。

「……迷惑だったか？」

私はあわてて首を左右にふった。

「いえ、そういうわけではなく！　ご一緒できて嬉しいです」

「なら、よかった」

どこかホッとした様子の公爵様。王都では公爵様は残虐非道なんてウワサがあったけど、そんな事実は少しもなかった。

私が公爵様を見つめると、「な、なんだ？」となぜかあせっている。

「私の聖女の力、少しはお役に立っていますか？」

フリーベイン領は王都より邪気が少ないのよね。だから、聖女の仕事も多くない。そのおかげか私の体にも黒文様は現れていない。でも、今でも左肩にだけは黒文様が残っている。

公爵様が少しだけ口元をゆるめた。

「ああ、もちろん役に立っている。あなたが来てからは、魔物がめったに現れなくなったからな」

「それは良かったです」

公爵様からは、王家と神殿から支払われていた聖女への援助金と同じ額をいただいている。国が支給するような金額をフリーベイン領だけで払い続けるなんて負担なのでは？　と思ったけど、問題はないらしい。そのおかげで、今まで通り実家に仕送りができている。

この前、家族から届いた手紙には、弟が無事にアカデミーに入学できたと書かれていた。貧しく不便だった領地も見違えるほど整備が進んでいるそうだ。

『大好きな家族や領民達がお金に困りませんように』という私の願いを大聖女様はずっと叶えてくれている。

ふと公爵様の視線を感じて、私は公爵様を見つめた。こころなしか公爵様の顔が赤いような気がする。

「公爵様、どうかしましたか？」

「いや、ベールはもうつけないのだなと思い……」

「あ、つけたほうが良いですか？」

顔の黒文様が消えたので、もう顔は隠していない。

「いや、つけていないほうがいい。その、あなたはとても綺麗だから」

「……綺麗？　誰が？」

「あなたが」

「あなたって？」

「エステル、あなただ」

公爵様の言葉を理解するのにたっぷり五秒かかってから、私は叫んだ。

「え、ええっ!?　そんなこと初めて言ってもらいました！　嬉しいです！　ありがとうございます」

お世辞でもなんでも嬉しくて仕方ない。浮かれている私を見た公爵様は眉をひそめた。

「あなたの元婚約者……オグマートはほめてくれなかったのか？」

「はい、醜い姿だって言われていました」

パキンッと公爵様が持っていたカップの取っ手が割れた。

「公爵様!?　大丈夫ですか!?」

「……大丈夫だ。あなたに仕える神殿の者達は？」

私は神官達の冷たい視線を思い出して、うつむいてしまう。

「私は汚らわしい邪気食いなので、なんというかその……遠巻きにされていました、ね」

えへへと私が笑うと、公爵様の顔が急にこわくなった。

「あ、すみません！　このような情けないお話をしてしまい」

「いや、聞いて良かった」

公爵様は、控えていたキリアに「今後は、オグマートと神殿から来た手紙は、俺にもまわさずすべて燃やせ」と指示している。

「はい！」

フゥとため息をついた公爵様は、私に向き直った。誠実そうな紫色の瞳が私を見つめている。

「俺は、あなたがいつか王都に帰りたいのではないかと思っていた」

「そんな!?　ありえません！　お願いですからここに置いてください！」

王都に戻っても私の居場所なんてどこにもない。ここでは公爵様もキリアも、皆優しくしてくれる。

「聖女の力だけでは足りませんか!?　でしたら、下働きでもなんでもしますから！」

私が必死に頼み込むと公爵様は驚いたような表情を浮かべた。透き通るような紫色の瞳が私を見つめている。

「俺やフリーベイン領の者たちがあなたに下働きをしてほしいと望むことはこれから先も絶対にない」

「でも、私は公爵様の婚約者ではありません。本当ならこんなによくしてもらえる立場ではないのにご厚意に甘えてしまって……。公爵様、皆さんの誤解を解いていただけませんか？」

うつむく私に公爵様はなぜか謝罪した。

「エステル、すまない。贈り物をする前に、俺からあなたに伝えるべきことがあったようだ」

「え？」

「まず、あなたと初めて出会ったときの言葉を取り消させてほしい」

「初めて出会ったときの言葉？」

「あなたとの婚約をなかったことにしてくれ、と俺が言ったことだ。あのときはあなたの話も聞かず一方的にすまなかった」

「いえ、公爵様のお気持ち、わかりますから」

公爵様は自分が黒文様塗れだったから、私が怖がるだろうと思いそう言ってくれた。あれは優しさからきた言葉だと黒文様仲間の私にはわかる。

「エステル……」

公爵様の手が私の指先にそっとふれた。

「あなたが王都に戻る気がないのなら……あなたさえよければ、その……俺と婚約を……。そして今度、隣国の舞踏会にあなたと一緒に参加したい」

語尾がだんだんと小さくなっていく公爵様の横で、キリアが『頑張れ』と言いたそうに両手をにぎりしめている。

私が公爵様と……婚約？

ふいにオグマート殿下の声が私の頭の中に響いた。

――あいかわらず、醜い姿だな。

胸がチクッと痛んだ。

公爵様の言葉で混乱してしまっていたけど、おかげで冷静になれたわ。

隣国といえばカーニャ国。カーニャ国の舞踏会は、パートナーなしでは参加できなかったはず。

ということは、つまり……。

「わかりました！　舞踏会で私が婚約者のふりをすればいいのですね？」

「!?　いや、その、ちがっ」

「お役に立てて、とても嬉しいです！」

「うっ」

長い沈黙のあとに公爵様は「……ああ、そういうことだ」と硬い表情で告げる。

「任せてください！　私、立派に婚約者のふりをしてみせます！」

「うむ、頼んだぞ」

そういった公爵様は、どこか遠い目をしていた。もしかしたら、私が婚約者役をうまくできるのか不安なのかもしれない。だったら、ちゃんとできることを証明しないと。

「これからは、アレク様と呼ばせていただきますね！」

「あ、ああ！」

パァと表情を輝かせるアレク様。

なぜか、キリアや周りにいるメイド達から、何か言いたそうな視線を感じた。

やっぱり皆、私がうまくできるか不安よね。

私は社交界デビューをしていない。実家にそんな余裕がなかったからこそ、聖女になるために神殿の門をくぐった。

聖女になった私とオグマート殿下の婚約が正式に結ばれたときに、婚約発表をかねて一度だけ殿下と舞踏会に参加したことがある。

あのときは、黒文様がまだ私の顔にまで出ていなかった。だから手足をすべて隠すようなドレスを着て参加した。

覚えているのは私をエスコートするオグマート殿下の嫌そうな顔。

小声で何度も「必要以上に私に近づくな！」と、きつく注意を受けた。ダンスは踊らなかった。

あれ以来、舞踏会には一度も参加していない。

ダンスは聖女になる前は大好きだったけど、今はもう自信がない。

「あの、アレク様。ダンスはお好きですか？」

「いや」

私はホッと胸をなでおろした。

「私、ダンスに自信がなかったので良かったです。もしアレク様がダンスがお好きなら、一緒に練習させていただこうかと思っていました」

「……」

しばらく何かを考えこんでいたアレク様は咳払いをした。

「いや、だが一曲くらいは踊らないといけない……はず」

なぜか視線が合わない。

「そうなんですか!? では、ダンスの練習に付き合っていただけませんか?」

「ああ、喜んで!」

ようやく視線が合った。

アレク様はいつもとても優しい目をしている。そんなアレク様と一緒なら、私も舞踏会を楽しめるかもしれない。そしてなにより、アレク様のお役に立てることが嬉しくて仕方なかった。

＊

Side:オグマート第三王子

魔物の襲撃後すぐに、フリーベイン領に私名義で何度も手紙を送らせた。だが、いまだにエステルからの返事はない。

「くそっ！」

私は手に持っていたグラスを床に叩きつけた。

ガシャンとグラスが割れる音と共に、ワインのシミが床に広がっていく。

「エステルは、まだ戻らないのか⁉」

怒鳴りつけると、侍従はおびえながら首をふった。

重要な通達があると部屋を訪ねてきていた騎士団長のため息が聞こえ、私をさらにいら立たせる。

「オグマート殿下、落ち着いてください」

「落ち着いていられるか！　エステルがいなくなってから、もう五回も魔物の襲撃を受けているんだぞ⁉」

エステルがいなくなって数日後に出現した一匹の魔物は城下町には目もくれず、まっすぐ城を目指してきた。

遠目で見た魔物は、巨大なオオカミのようだった。しかし、尻尾は炎のように燃え盛り、黒いモヤでおおわれるその姿は普通の動物ではない。

血のように赤い目が三つもあり、思い出すだけでゾッとする。

王都中の騎士を集めてなんとか討伐したものの、こちらの被害は甚大だった。

王宮騎士達の三分の一は死傷した。その責任を取らされて、私は軍の総指揮から降ろされた。

今は兄である第二王子が総指揮にあたり、王子であるこの私が騎士団長の下につけられている。

魔物の襲撃後、多くの貴族が王都に構えていた邸宅を捨て、逃げるように自分達の領地に帰っていった。

住む者がいなくなった貴族街は廃墟のようになっている。

「なんとしてでも、エステルを王都に呼び戻さないと……」

「聖女エステル様は、大丈夫でしょうか？　ご無事なら良いのですが」

騎士団長を含む多くの者は、私がエステルを追い出し、フリーベイン領に行かせたことを知らない。

聖女の不在は、魔物が多く出没するフリーベイン領を哀れに思ったエステルが、勝手に向かったことになっている。

真実を知っているのは、私と侯爵令嬢であり聖女でもあるマリア、そして、エステルをフリーベイン領まで送った神殿で働く馬車の御者だけだった。

御者には大金を渡して口止めし他国に行かせた。もし戻ってきたら殺すと脅したので戻ってこないだろう。だから、エステルが王都に戻ってくるまで、マリアさえ黙っていれば、なんの問題もなかった。

それなのに、あろうことかマリアは、私がエステルを王都から追い出したことを国王陛下である父に告げ口した。

なんとか黙らせようとしたが、侯爵令嬢というマリアの地位が邪魔をして思うようにできなかった。

魔物の襲撃が、私が聖女を追い出したせいだと知られると王家の威信(いしん)は失われる。だから、父の判断でその事実を伏せることになった。

マリアも「今は混乱を避けるべきだ」と陛下に言われ、しぶしぶだが従った。

父が私に向ける視線は冷ややかだ。

「オグマート。お前が、これほどまでに愚かだったとは……」

あのとき父に向けられた目を思い出すと、今でも腹が立つ。

くそっマリアめ！　あの女、高貴な生まれで麗しい外見だったから優しくしてやったのに、あんなに心が醜かったなんて。

こんなことになるのなら、外見が醜いエステルのほうがまだマシだった。

エステルは従順だし、聖女の力は役に立つ。

「エステルを引きずってでも、私の元に連れ戻してやる！」

そうすれば、すべてが元通りだ。

私の言葉を聞いた騎士団長が「殿下、聖女様になんてことを……」と言ってくる。本当に不愉快なやつだ。

「うるさい！　用が済んださっさと部屋から出ていけ！」

「まだ重要なことをお伝えしていません」

「私が出ていけといえば出ていくんだ！」

襟首をつかみ脅しても、騎士団長は顔色ひとつ変えなかった。

「上官への暴力は禁止されています。今すぐこの手を離してください」

「私は王子だぞ⁉　誰に物を言っている⁉」

「……あなたにですよ、オグマート殿下。国王陛下は、あなたの王族の権限をすべて剥奪(はくだつ)することを決定しました。この通達を受けた瞬間から施行されます」

騎士団長に手を払われたと思ったら、気がつけば私が襟首をつかまれていた。

「何をする⁉」

「だから、この通達を受けた今、おまえはもう王子ではない」

騎士団長がパッと手を離したので、私は無様に尻もちをつく。

「陛下のご命令だ。今後は一兵卒として戦場の最前線で戦い、一体でも多く魔物を倒すこと。そして、その命が尽きるまで戦い続けること」

「そんなの、死ねと言っているようなものではないか⁉」

私を見下ろす騎士団長の目は、おそろしく冷たい。

「言っているようなものではない。王家のために死ねと言われているんだ。そんなこともわからないのか？」

「父に抗議してくる！」

立ち上がろうとした私の肩を、騎士団長は強く押さえつけた。

「聞こえなかったか？　お前は王族の権限を失っている。もう陛下に謁見（えっけん）できるような身分ではない。早く荷物をまとめて一兵卒用の兵舎へ向かえ」

「ふざけるな！」

私の肩に騎士団長の指がめり込んだ。

「痛っ⁉」

「ふざけているのはお前のほうだ。俺の意見を無視してクソみたいな命令を出し、よくも大事な部下達を殺してくれたな」

その声は殺気に満ちていた。

「お前がこの場で殺されないのは温情ではない。よりお前を苦しませるためだ」

騎士団長の言葉通り、それからの生活は地獄だった。

一兵卒用の兵舎で、私にあてがわれた部屋は臭くてせまい。まるでブタ小屋のようだった。共有の食堂で出される食事もまずくて食べられたものではない。だがこれは嫌がらせではなく、普通の一兵卒の暮らしだと言われた。

訓練は朝から晩まで続き、部屋に戻ると硬いベッドで泥のように眠った。それを繰り返しているうちに、次第に剣の扱い方や体の動かし方を思い出していく。

そういえば、私は剣の腕前だけは、優秀な兄達より勝っていた。でも平和すぎる世の中では、剣術が強くても評価されることはなかった。

私がほめられるのは、この整った外見くらいだ。

軍の総指揮を任されたときも、陰では貴族達に『ただの名誉職だ』とあざ笑われていたことを私は知っている。

騎士団長の言っていたとおり、魔物が現れたら最前線に立たされ命がけで戦わされた。

そのたびに己の剣術がさえていくのがわかる。

周囲のやつらは、犯罪者を見るような目で私を見ていた。しかし、私が魔物を倒すたびに、それが少しずつ変わっていくのがわかる。なんとも言えない気分だったが、まぁ悪くはなかった。

せまい自室に戻り、魔物の返り血を浴びた服を脱ぎ捨てる。

そのとき、何かおかしなものが見えた。

あってはならないものが、なぜか私の体にあったような気がする。

おそるおそる自身の腰あたりを見ると、そこにはエステルにあった醜い黒文様が浮き上がっていた。

「う、うわぁあああ!?」

ゴシゴシと手のひらでこすっても取れない。

「なぜ私に!?」

同じように魔物と戦っている者達の中で、体に黒文様が浮き上がったなんて話は聞いたことがない。

エステルは、会うたびに体を蝕む黒文様が広がっていた。

「たしか、エステルに最後に会ったときは、顔にまで浮き上がっていたぞ……私もああなるのか？」

この私が、あんなにおぞましい、醜い姿に？

想像するだけで血の気が引くような思いだった。

「い、嫌だ……エ、エステル。そうだ、エステルを呼び戻さないと……」

王都や神殿から派遣された使者がフリーベイン領に向かったがすべて追い返され、聖女に会わせてすらもらえなかったという話はここまで届いている。

エステルが王都に戻り邪気を浄化すれば魔物は現れない。そうすれば、私の黒文様はきっと消えるはず。

聖女を連れ戻した功績で、また王子にだって戻れるかもしれない。

「醜いのは、エステルだけで十分だ」

私は部屋の中にあったわずかな荷物を袋に詰め込むと、真夜中の兵舎をあとにした。

＊＊＊

Side: アレク・フリーベイン公爵

ダンスの練習をしたいと言ったエステルのために、ダンスの講師を公爵邸に呼び寄せた。

「お久しぶりです。閣下」

俺の記憶よりいくぶんか年を取ったベレッタが、優雅に淑女の礼(カーテシー)を取る。

「久しいなベレッタ」

ベレッタは母の友人であり、俺のダンスの先生でもあった。優しく、時には厳しい良い先生だったように思う。

両親が亡くなり、まだ子どもだった俺が公爵位を継ぐと、ダンスの練習などする暇がなくなった。

さらに父に代わり騎士団を率いて魔物退治を続けているうちに、体に不気味な黒文様が浮き上がってきた。それからは、人前に出ることをさけていたので、ダンスなんてエステルに言われるまで存在自体を忘れていた。

ベレッタに会うのは、両親の葬式以来だ。

「ご立派になられて……」

そう言ったベレッタの瞳には、うっすらと涙が浮かんでいる。

「ベレッタ、またダンスを教えてほしいのだが」

「もちろんです。婚約者様と三か月後に開催される舞踏会に参加するのだとうかがっております」

「ああ、婚約者はエステルという。それで――」

「エステル様は王都の神殿にお仕えしていた聖女様だとお聞きしております！　ご挨拶をするのを楽しみにしておりました。エステル様はどちらに？」

瞳を輝かせるベレッタから、俺はそっと視線をそらした。

「その件だが、ダンスは別々に教えてくれないだろうか？」

不思議そうなベレッタ。

ダンスなんてもう何年も踊っていない。まともに踊れる気がしない。

「その……エステルに情けないところを見せたくなくて、だな」

恥を忍んで頼むと、ベレッタの瞳から涙がボロボロとこぼれた。

「べ、ベレッタ⁉」

ふ、ふふ、と笑ったベレッタは人差し指で涙をぬぐう。

「閣下は素敵な方に出会えたのですね」

「ああ、俺にはもったいないくらいの婚約者なんだ」

正確には、エステルは婚約者のふりをしてくれているのだが。そのことを思い出すと、自分の情けなさに気が滅入るのであまり考えないようにしている。

今思えば、エステルに初めて会ったあの夜、『私達、一緒ですね！』と微笑みかけられた瞬間、俺は彼女に心を奪われていた。

そのあともエステルを知れば知るほど彼女に惹かれていくのがわかった。

でも、わかったものの、どうしたらいいのかはわからない。

この数年間、魔物退治と公爵の仕事のくり返しで、まさか自分が女性に好意を持つ日がくるなんて考えたこともなかった。

使用人達のすすめで、エステルにいろんな贈り物をしたが、喜んでもらえているのだろうか？エステルの護衛キリアからは、「エステル様は、閣下のことを黒文様仲間のお友達だと思われているようです」と報告が上がっている。

このままではいけないと思い、周囲の協力を得てなんとか告白した。だが、それもうまく伝わらず、エステルは婚約者のふりをしてくれることになってしまった。

一緒に舞踏会に行ってくれるそうだ。ならば、せめてダンスくらいまともに踊れるようになって、エステルにいいところを見せたい。

そうベレッタに伝えると、なんだか生温かい目を向けられてしまった。最近、俺の周りにいる人達は、皆こんな目をしている。

「閣下の事情はわかりました。優雅なダンス、完璧なリードでエステル様に振り向いていただきましょう！」

「ああ、頼んだぞ」

そうして、エステルと別々のダンスレッスンを受けた一か月後。

なんとか俺のダンスが形になり、エステルと一緒にダンスレッスンをすることになった。

ダンスホールに現れたエステルの足取りは軽い。彼女が歩くたびに、黄色のスカートがフワフワとゆれている。

そのドレスは、エステルのブラウンの髪によく似合うと思って贈ったドレスだった。

「あっ、アレク様」

俺の名前を呼びながら、まるでひまわりのように明るい笑みを浮かべる。

「……美しい」

ボソッとつぶやいた俺を、ベレッタが肘でつついた。

そうだった。女性をほめるときは、相手の目を見て大きな声で伝えるのですよ、と言われていた。

俺はエステルの側に行くと、その瞳をまっすぐ見つめる。

初夏のみずみずしい若葉のような瞳がキラキラと輝き俺を見上げた。

「とても美しい」

エステルの白い頬に、少しだけ赤みがさす。

「嬉しいです。アレク様もとっても素敵ですね！」

「あ、ああ」

使用人達に、朝からあーだこーだ言われながら、服を選んだかいがあった。

それ以上何を話していいのかわからず困っていると、ベレッタがパンパンと手を叩く。

「では、さっそくお二人で合わせて踊ってみましょう」

「はい！」

元気なお返事をするエステル。

ダンスのために手を取り合うと、それだけで心臓が高鳴った。エステルは小声で「緊張しますね」とささやき微笑む。

「ああ」

俺よりは緊張していなさそうに見えるが。

曲の演奏が始まると、エステルの表情が変わる。

いつもにこにこしているエステルが真剣な眼差しになる。見たことのない表情に見惚れていると、ベレッタに「ダンスに集中！」と怒られた。

そうだった、エステルにいいところを見せないと。

体に叩きこんだステップは、もう無意識に再現できる。練習を繰り返すうちにリードもベレッタにほめてもらえた。

ふと、エステルと視線があった。

真剣だった表情がゆるみ、愛らしい笑みが浮かぶ。

「アレク様、私、楽しいです」

「ああ、俺も楽しい」

楽しそうに笑ってくれるエステルを見ているうちに、俺の頬も自然とゆるんでいた。

楽しい。

最近、生きることが、楽しくて仕方ない。

公爵位の重圧と、魔物との命がけの戦いで心がすり減り、楽しいだなんて感情を長い間忘れていた。

エステル、あなたを誰よりも幸せにしたい。

それが最近できた、俺の願いだった。

＊＊＊

アレク様とのダンス、楽しかった……。

先日のダンスレッスンのことを思いだして、ニコニコしてしまっている自分に気がつき、私はあわてて表情を引き締めた。

今の私は、全身鏡の前でメイド達に囲まれている。

「エステル様、こちらのドレスはどうでしょうか？　このレース部分が素敵ですよ」

「いえ、こちらのドレスのほうがお似合いかと」

楽しそうにドレスを選んでくれるメイド達の後ろで、護衛騎士のキリアは申し訳なさそうな顔をした。

「ドレスはオーダーメイドにしたかったのですが、舞踏会までの日数が足りず既製品を改良することになってしまいましたね」

「それで充分ですよ」

既製品といってもどのドレスも綺麗だった。しかも、わざわざドレスを改良するためだけに、アレク様は公爵邸に服飾師まで招いてくれた。

服飾師が来ると聞いたときは、王都での嫌な思い出に少しかまえてしまったけど、フリーベイン領の服飾師は、とても優しいお姉さんだった。

彼女は私の左肩に残る黒文様を見ても、嫌な顔ひとつしない。むしろ、瞳を輝かせながら「聖女様にお会いできて光栄です」なんて言ってくれた。

戸惑う私に「聖女様はどんなドレスがお好きですか？」と微笑みかけてくれる。

「あの、えっと、ドレスのことはよくわからなくて……」

「ドレスを作るのは、初めてですか？」

「いえ」

王都でオグマート殿下との婚約発表のときに、一度だけ王家の指示でドレスをオーダーメイドしたことがあった。

そのときの服飾師は、手足に浮き上がる私の黒文様を不気味がり、私に近づくのもためらっていた。

ドレスも、とにかく手足の黒文様を隠せればいいといったデザイン。

サイズもきちんと測っていなかったようで、できあがったドレスは私には大きかった。

それは、流行にうとい私でも「これはちょっとどうかな？」と思ってしまうほどの出来で。

そのドレスを着た私を見たときのオグマート殿下の冷たい目を思い出すと、今でも胃のあたりが痛くなる。

「お前のようなヤツを連れて舞踏会に参加するのは恥だ」と言う殿下に、私は小声で「すみません」と謝ることしかできなかった。

本当に舞踏会には良い思い出がない。

でも、アレク様と一緒にダンスレッスンをしたあとから、私の気持ちは大きく変わった。

ダンスを踊る前はとても緊張した。でも、アレク様と手を取り合い曲に合わせてステップを踏むとすぐに楽しくなった。

そういえば、私、父以外の男性とダンスを踊るのは初めてだわ。

実家では、父がダンスレッスンの相手役をしてくれていた。そのときも楽しかったけど、アレク様とのダンスは楽しいだけじゃない。

なんというか、その、少しドキドキしてしまう。

ダンス中にチラリとアレク様を見ると、優しい笑みを向けられた。

それだけで身体だけでなく心も弾む。アレク様にも「楽しい」と言ってもらえたことが何よりも嬉しかった。

ダンスのときに重ねたアレク様の手は、私の手より大きく手袋の上からでもわかるほど硬かった。

この手で剣をふるって、今まで大切なものを守ってきたのね。

神殿で祈りを捧げ邪気を浄化するだけの私とは、比べ物にならない苦労をしてきたのだと思う。

私もキリアや他の皆のように、もっとアレク様のお役に立ちたい。

心の底からそう思える。

「エステル様、もう少し背筋を伸ばして、胸を張っていただけますか?」

「あ、はい!」

服飾師の声で、私は我に返った。

そうそう、今はドレスの製作に集中しないと。

何着かドレスを着たあとに、服飾師は「これですね。このドレスが一番お似合いです」とつぶやく。その後ろでは、メイド達が大きくうなずいていた。

「エステル様の美しいブラウンの髪には、黄色や緑、白や黒も似合いますが、私は断然、赤が良いと思います」

「赤、ですか？」

そんなに綺麗な色が私に似合っているのかしら？

それに服飾師が似合うと言ってくれたドレスは、とても華やかな作りだった。

きめ細かい刺繡（ししゅう）がほどこされていて、鎖骨や肩が見えてしまっている。

私はそっと、左肩に残る黒文様にふれた。

私がためらっている理由に気がついたのか、服飾師は可愛らしい花飾りを私の左肩に当てる。

「肩が気になるようでしたら、これで隠しましょう」

飾りひとつで黒文様は綺麗に隠れてしまった。

「でも、こんなに高そうで綺麗なドレスを、私が着ても大丈夫でしょうか？」

「もちろんですわ」

服飾師は、私が着ているドレスの腰の部分を指でつまむ。

「エステル様には少し大きいので、今からサイズを合わせますね。特別なものになるようにレースや飾りも足しましょう。私にお任せください。必ずあなた様に似合う最高のドレスをご用意いたします」

自信に満ちた服飾師の瞳を見て、私は大切なことに気がついた。

そうだわ、私に自信がなくても、私はこの服飾師の仕事を信じればいいんだわ。

それなら簡単にできる。

「お願いします。私をアレク様の婚約者として恥ずかしくないようにしてください」

「お任せください」

「ドレス、楽しみです」

服飾師が私に向けた笑みは、とても温かかった。

隣国の舞踏会まであと二か月しかない。その間にダンスだけでなく貴族のマナーも学び直さないと。

隣国の文化についても知っておいたほうがいいわよね？

これからとても忙しくなるけど、神殿で一人祈っていたときより今のほうがずっと楽しい。

アレク様やキリア、フリーベイン領の皆のためならなんでもできるわ。もっともっと皆のお役に立ちたい。皆の幸せそうな笑顔が見たい。

そう思ったとき、私の体からまばゆい光があふれ出した。

私からあふれ出した光は、大きく膨れあがると窓から外に出て空に昇っていった。

上空でパンッとはじけ飛んだかと思うと、空からヒラヒラと淡い光が降りそそぐ。それは幻想的で美しい光景だった。

「エステル様、これは⁉」

キリアが驚いているけど私にもわからない。

「わかりません、こんなことは初めてで……」

そのときは、何が起こったのか、誰にもわからなかった。


それから、ひと月後。

一緒にお茶をしていたアレク様は難しい顔をしていた。

「前にフリーベイン領の上空に上がった光の正体だが」

「わかったのですか!?」

「わかった、というよりは……あれからフリーベイン領に、魔物が一度も出ていないんだ」

フリーベイン領は、それまで頻繁に魔物が出ていたと聞いている。でも私が来てからはめったに出なくなったと言っていた。

その魔物が今度は、まったく出なくなったらしい。

「ということは……」

「おそらく、何かしらの聖女の力でフリーベイン領全域が守られているのではないだろうか?」

「そんなことが可能なのでしょうか?」

歴代聖女の中でそんな力を持っている人がいたなんて聞いたことがない。

「できないのか？　王都では、聖女の力で魔物は長年出ていないと聞いている」

「たしかに王都では魔物は出ませんでした。でもそれは歴代聖女が邪気を浄化し続けていたからであって、浄化をやめると魔物が出るようになると思います」

フリーベイン領では、公爵様が魔物退治をしてくださっているからか邪気がとても少ない。だから、私は毎日祈りを捧げているものの、ほとんど浄化をしていない。

それなのに、急に魔物が出なくなったというなら、それは浄化ではなく大聖女様だけが使えたと伝えられている魔物を寄せ付けない結界を張る力に近い気がする。

そう伝えると、アレク様は「結界……」とつぶやいた。

「舞踏会が開催される隣国カーニャでは、邪気や聖女について積極的に研究しているらしい。そこで何かわかればいいのだが」

「そうですね……」

もし本当に私が結界を張ることができたのなら、偶然ではなくいつでもその力を使えるようになりたい。そうすれば、聖女がいない国で魔物におびえて暮らす人達の恐怖を取り除けるかも？

アレク様の手が、そっと私の手にふれた。

「まだわからないことだらけだが、フリーベイン領にとってこれほど嬉しいことはない。ありがとう、エステル」

澄んだ紫色の瞳が優しく細められる。アレク様に微笑みかけられると、私の心は弾み温かくなった。

「お役にたてて光栄です！」

この勢いで、婚約者のふりも立派に果たしたい。

アレク様とのダンスレッスンは順調で、ダンスを教えてくれるベレッタ先生にも「お二人とも、うまくなりましたね」とほめてもらえた。

貴族のマナーも学び直したし、隣国の文化も調べて準備は完璧……だと思う。

「エステル。以前から伝えていたが、フリーベイン領から隣国カーニャの王都まで馬車移動で数日はかかる。もうそろそろ出発する予定だったが、魔物が出ないなら安心して旅立てるな」

「そうですね」

「道中はこまめに休息するし、宿も手配しているので心配しなくていい」

「はい」

初めて他国に向かうけど不安は少しもなかった。

荷物はすでにキリアと一緒に詰めたし、あとは出発日を待つだけ。

アレク様とのお茶会が終わると、私は自室に戻り一人祈った。

いつものように大聖女様に祈りを捧げる。そして、邪気の浄化ではなく旅の安全を願った。

すぐに身体が温かくなってくる。まるで大聖女様に包み込まれ守られているような気がした。

出発の当日。

空は青く晴れ渡り、ポカポカ陽気が気持ちいい。まさにお出かけ日和だった。

動きやすいワンピースを着て、旅用のブーツを履いている私に、キリアはフード付きのマントを手渡す。

「朝晩冷えることもあるでしょう。エステル様、こちらをお持ちください」

「ありがとうございます」

受け取ったマントの手触りの良さに、ついうっとりしてしまう。

「エステル様、こちらに馬車を準備しております」

キリアに案内された先で、私はポカンと口を開けた。

頑丈そうな大きな馬車の周りを騎乗した騎士達が取り囲んでいる。その後ろには荷物を積んだ荷馬車も見えた。

「この人数で隣国に行くんですか？」

キリアは真剣な表情で私を見つめる。

「騎士の半数以上は、フリーベイン領を守るために置いていきますが、ここに集められた者達は精鋭部隊です。道中不安かもしれませんが、必ず我らがエステル様をお守りします」

「いえ、不安とかじゃないんです！」

ひとりぼっちで王都から出発したときとは、比べ物にならないくらいにぎやかだったので少し驚いてしまっただけ。

「エステル様、先に馬車にお乗りください」

キリアのエスコートを受けて私は馬車に乗り込んだ。馬車内は、あと五人くらい乗っても平気そうなくらい広い。もしかすると、宿がない場所ではこの中で寝ることもあるのかもしれない。

急に周囲が騒がしくなった。

馬車の窓から外を見るとアレク様がこちらに向かって歩いてきている。黒い騎士服の上にマントを着用し、颯爽と歩くアレク様から目が離せない。

「わぁ、かっこいい」

美青年とお出かけできるって幸せよね。

馬車に乗り込んできたアレク様と視線があった。私が小さく手をふると、アレク様はなぜか固まる。

「エステル？」

「はい？」

「ど、どうして同じ馬車に？」

その問いは私ではなく、馬車の外にいたキリアに投げかけられた。

「どうしても何も、婚約者が別々の馬車で隣国に向かったら、仲が悪いのかと疑われてしまいます」

「いや、しかしっ！」

「ごゆっくり」

キリアは爽やかな笑みを浮かべたまま馬車の扉を閉めた。

アレク様は、なんだか難しい顔をして固まったままでいる。

「あの、アレク様。この馬車、とても広いから二人で乗っても大丈夫ですよ！」

少しの沈黙のあとで「……あ、ああ、そうだな」と小さな声が返ってきた。

＊

Side：アレク・フリーベイン公爵

ガタゴトとゆれる馬車の中で、俺はエステルと向かい合って座っていた。

先ほどは予想外のことで動揺してしまったが、よく考えるとこれは誤解を解くいい機会だ。

婚約者のふりではなく、正式に婚約者になってもらうにはどうしたらいいのか？

まだ良い案は思いつかないが、ありがたいことにこれから二人きりの時間が十分ある。

エステルに視線を向けると、彼女は窓の外を見ながら口元に笑みを浮かべていた。楽しそうな彼女の横顔に見惚れてしまう。

「アレク様、あそこでりんごを売っていますよ！」

エステルは、嬉しそうに美しい緑色の瞳を細めた。

「りんごが食べたいのか？　ならすぐに馬車を止めて買いに――」

立ち上がろうとする俺を、エステルはあわてて止める。

「あっいえ、そうではなく！　お子さんがお店のお手伝いをしていてえらいなって思ったんです」

言われて窓の外を見てみると、通りすぎてもう小さくなっていたが、りんご売りの親子が見えた。

「子どもが好きなのか？」

俺の質問にエステルは「好きですよ」と微笑む。

「私、妹と弟がいるんです。だから小さな子の面倒を見るのは得意なんですよ」

「そうなのか。妹と弟は可愛いか？」

「はい！　生意気なときもありますけど、すごく可愛いです。私が神殿に行って聖女になると決めたとき、二人とも行かないでって……すごく、泣いちゃって……」

そう言ったエステルの瞳に、一瞬、寂しさがよぎりすぐに消える。

「兄弟仲がいいんです。今でもずっと手紙のやりとりをしていますよ。二人とも大きくなっただろうなぁ」

「やりとりは手紙だけなのか？　それは、聖女になってから家族には会っていないということか？」

エステルは大きく目を見開いた。

「あっはい、聖女は許可なく神殿から出ることを許されていなかったので」

「……は？　それは神殿に閉じ込められていたということか？」

「閉じ込め？　いえ、そういうわけではないです。ただ、毎日休まず祈らないといけなかったので、自由な時間が取れなくて」

「なんだ、それは」

それが事実なら、王都の安全をたった一人の聖女に任せきりにしていたことになる。しかも、聖女からすべての自由を奪って。

「前に聞いた話では、あなたは神殿で邪気食いと呼ばれ遠巻きにされていたと言っていたな？」

「はい」

「俺は、聖女は神殿の最重要人物であり、王族のように丁重に扱われていると聞いていたのだが」

「えっと……」

エステルの神殿での暮らしぶりを聞くと、俺はさらに驚いた。

「聖女の自室がベッドと簡易クローゼットが置かれただけの部屋だったと？」

「はい。でも、寝るだけなので特に問題ありませんでしたよ」

その口ぶりでは、寝るくらいしかできないような部屋だったらしい。

「それは、今の部屋よりせまかったのか？」

エステルには、公爵邸の中でも格別に良い部屋を使ってもらっているが、国を支える聖女なら
それ以上の暮らしをしていて当然だ。

「今の部屋って、公爵邸のお部屋ですか？」

「そうだ」

エステルの顔に驚きの表情が浮かぶ。

「公爵邸のお部屋と神殿のお部屋はぜんぜん違います！　今のお部屋はすっごく広いですし、お姫様が住むところみたいに綺麗だし、ベッドがフカフカでびっくりしました！」

その話から察するに、神殿の部屋はせまくベッドは硬かったようだ。

エステルは、そんな暮らしを強いられながら国のために働かされていたのか。

さらに、本来ならエステルに寄り添い守るべき婚約者オグマートは、不当な理由で婚約破棄をつきつけてエステルを王都から追い出した。

グツグツと腸が煮えくり返るような怒りを感じる。俺は横に置いていた剣の柄を握りしめた。

この剣は代々フリーベイン公爵家の当主に受け継がれてきたもので、魔物の切れ味が抜群だ。今まで魔物しか切ったことはないがきっとオグマートも苦しませずに葬ることができるだろう。

「あの、アレク様」

エステルの声でハッと我に返った。いけない。腐ってもオグマートは王族。怒りに任せて害するとフリーベインの民まで罰を受けてしまう。

俺は冷静になるために息を吐いた。俺を見つめるエステルの瞳が不安そうに揺れている。

「聖女らしくなくてガッカリしましたか？」

予想外の言葉に驚きを隠せない。

「ガッカリなどしない。するはずがない！　だが怒ってはいる。でも、それはあなたにではなく、あなたを不当に扱っていた王族や神殿にだ。あなたはもっと尊重されるべきだ」

「アレク様……」

やはりエステルを王都に帰すわけにはいかない。今さらながらに聖女の力を頼ろうと王家や神殿から使者が来たが、エステルに知らせずすべて追い返して正解だった。

王都は今、頻繁に魔物に襲われているが不思議なことに民に被害は出ていないそうだ。魔物は執拗(しつよう)に城だけを狙っているらしい。

聖女を追い出した天罰だと言ってしまえばそれまでだが、同じく聖女を蔑ろ(ないがし)にしていた神殿は魔物に狙われていない。他に何か原因があるのかもしれない。その原因がなんであれ、これからは俺がエステルを守る。

「エステル。あなたをもう二度とそんな目には合わせない。だから……ずっと俺の側にいてほしい」

ニッコリと微笑んだエステルは「はい」と言ってくれた。そして、少しだけ頬を赤らめる。

「嬉しいです。実は、私もキリアや他の皆のように、アレク様のお役に立ちたいってずっと思っていたんです」

「俺の役に？」

なんだか嫌な予感がする。

「エステル。念のために確認するが、もしかしてそれは俺の配下になりたいという意味か？」

「はい、そうです！」

ものすごくいい笑顔で可愛いお返事をされてしまった。

いつの間にか俺達の関係が黒文様仲間から、主従関係になってしまっている。仲間から主従って距離が遠ざかってないか？

そういう意味ではないとすぐに否定しようとしたが、エステルが小さくあくびをかみ殺したので俺は言葉を呑み込んだ。

「眠いのか？」

「すみません！　実は、昨晩緊張してあまり眠れなくて……」

「なら眠るといい」

「でも！」

「目的地まで遠い。眠れるときに眠って体力を温存することも大切だ」

「そうですね。ではお言葉に甘えて……ありがとうございます」

本当に眠かったようで目を閉じたエステルからは、すぐに規則正しい寝息が聞こえてくる。

女性の寝顔を見るのは失礼なことのような気がして、あまり見ないようにしていたが、ガタッと馬車が揺れた拍子にエステルの身体が傾いた。あわてて右腕をのばしてエステルの頭を支える。

これだけゆれたのに、エステルは起きる気配がない。

俺の右手を支えにして器用に眠っている。その無防備な寝顔に見惚れつつも俺はあせった。

ど、どうすればいいんだ？

このままずっと右手でエステルの頭だけを支え続けるわけにもいかない。かといって眠っているエステルを起こしたくもない。

悩んだ結果、俺はエステルを起こしてしまわないように慎重に向かいの席に移動した。そして、エステルの頭を俺の肩に寄りかからせる。

馬車の揺れで頭をぶつけては危ないからな。

そう自分に言い聞かせながら、俺は束(つか)の間の幸せをかみしめた。

＊

コトンと馬車が揺れて、私は目を覚ました。

どれくらい眠っていたのかしら？　なんだか頭がぼうっとしている。

まだ日は暮れていないようだけど、街を通り抜けたのか馬車の窓から見える景色は木々だけになっていた。

「アレク様……あれ？」

向かいの席に座っていたはずのアレク様が、なぜか私の隣にいる。そういえば、何かにもたれかかってスヤスヤと眠っていたような気がする。

もしかして、私、アレク様の肩にもたれかかって熟睡していた⁉

あわててアレク様に謝ろうとしたとたんに、アレク様の頭がガクッと揺れた。

「えっ⁉」

驚いて顔をのぞき込むと、アレク様は目をつぶっていた。かすかに聞こえてくる呼吸はとても規則正しい。

ね、寝ている！

いつもはキリッとしているのに、今のアレク様は私の弟みたいに気の抜けた顔をしていた。

ちょっと可愛いかも……。

馬車の揺れでアレク様の頭がまたガクッと揺れたので、私はあわててアレク様の頬に手をそえた。そして、私にもたれかかるように静かに誘導する。

そのとき私の肩からパサリと布が落ちた。見るとそれはアレク様のマントだった。

アレク様が眠っている私の肩にマントをかけてくれたのね。その優しさに胸が温かくなる。

馬車がゆっくりと止まった。

キリアが馬から降りて馬車に近づいてくる。

「閣下、エステル様。ここで少し休憩を……」

私はキリアに向かって「しー！」と人差し指を立てた。眠っているアレク様を指さすと、キリアの瞳は大きく見開く。

キリアは小声で「休憩はもう少し先でしましょう」と言って馬車の扉を閉めた。

再び動き出した馬車の中で、私とアレク様は肩を寄せ合っていた。

ポカポカ陽気がとても心地いい。

たまには、お忙しいアレク様がウトウトと居眠りしながら過ごす、こんなのんびりした日があってもいいよね？

日が暮れたころ、フリーベイン領と隣国の境目にある宿にたどりついた。

先に馬車から降りたアレク様が私をエスコートするために手を貸してくれたけど、その視線はそらされている。

私はアレク様の様子を見て、内心でため息をついた。

あのあと、しばらくして目を覚ましたアレク様は、すぐに私に寄りかかって眠っていたことに気がついた。

動揺からか顔を真っ赤にして「すまない！」と謝られたので「いえいえ、お互い様ですよ」と返した。

「公爵になってから居眠りなんてはじめてした。その、あなたの側が心地よすぎて……気が抜けてしまっている」

「言われてみれば、私も居眠りなんて聖女になってからはじめてしまいました」

私達は、いつも気を張って過ごしていたのかもしれない。

「私もアレク様の側にいたら、安心してしまって」

「エステル……」

赤い顔のアレク様が「重かっただろう？　すまない」と謝ってくれた。隣同士に座っているせいで、いつもより距離が近い。

なんだか落ち着かなくて、私はあわてて話題をそらした。

「アレク様の寝顔を見ていると、弟を思い出しました」

その瞬間、目に見えてアレク様の表情が曇った。

「……お、弟」

「あ、すみません！　失礼なことを！」

「……いや、大丈夫だ」

アレク様は立ち上がると向かいの席に戻っていった。距離がいつも通りに戻ってホッとしたけど、アレク様の体温を感じていた左側が少しだけ寂しい気がした。

それから、アレク様がぎこちなくなってしまった。

私はソワソワすることはなくなったけど後悔している。

はぁ、弟だなんてごまかさずに、ちゃんとアレク様の寝顔が可愛かったですって言えばよかった。

そう思ったけど、よく考えたらそれはそれで失礼だわと気がつき、私はまたため息をついた。

今晩泊まる場所は、小さな村にひとつだけある宿だった。

公爵邸があるフリーベイン領の中心部とは違い、この村には家が十軒ほどしかない。村の周りには広大な小麦畑が広がっていた。

豊かに実る垂れた穂を見て、私は改めてフリーベイン領の豊かさに気がついた。

前にアレク様が聖女の報酬として金貨十袋をくれようとしたけど、そんなことができるくらい公爵領は豊かなのね。

アレク様にエスコートされながら宿に入ると、若い夫婦が明るく出迎えてくれた。

「ようこそお越しくださいました！」

「お待ちしておりました。どうぞこちらへ」

アレク様と私はすぐに部屋へと案内される。

「せまいところですが、どうぞごゆっくり」

部屋の中にはベッドが二つ並んでいた。もう用は済んだとばかりに部屋から去ろうとしていた若夫婦をアレク様が呼び止める。

「亭主、部屋は二つ頼んでおいたはずだが？」

「はい、こちらは領主様ご夫婦のお部屋です！　隣にお付きの人用の部屋を準備させていただきました」

夫婦？　私がアレク様を見ると、アレク様は「すまない手違いがあったようだ」と謝ってくれた。

「俺達は夫婦ではない。その」

言葉につまったアレク様の代わりに私が「婚約者です」とお伝えする。

宿の若夫婦はそろって首をかしげた。

「どう違うんで？」

「俺達は、まだ結婚していないんだ。同じ部屋で寝るわけにはいかない。この部屋にはエステルとその護衛が宿泊させてもらう。俺は別の部屋に案内してくれ」

「は、はい……？」

その顔には、お貴族様の考えはよくわからないと書かれている。

そうよね、この国の平民には婚約制度はないものね。

それでも若夫婦は、すぐに笑みを浮かべると「では、領主様はこちらへ」とアレク様を別の部屋に案内しはじめた。

エスコートのためにふれていたアレク様の腕が私から離れていく。

「あっ」

何を思ったのか私はとっさにその腕をつかんでしまった。

振り返ったアレク様の瞳は大きく見開かれている。

「あの、さっきは弟を思い出しましたなんて、失礼なことを言ってすみません！」

「いや」

小さく首をふったアレク様は、後ろに付き従っていた一人の騎士とキリアに視線を送った。

「エステルと少し話しがある。俺の部屋の場所を聞いておいてくれ」

「はい」

「キリアは席をはずしてくれ」

「はい！」

騎士とキリアは素早く動き、その場から去っていく。

「エステル、いいだろうか？」

「は、はい」

立ち話もなんなので部屋の中に入ると、木でできた小さなテーブルと椅子があったので腰をおろした。

「先ほどの話だが、あなたが謝る必要はない」

馬車から降りるときはそらされていた視線が、今は私に向いている。そのことに私はホッと胸をなでおろした。

「でも、アレク様のことを弟と重ねるなんて……」

「正直に言うと、少しだけ落ち込んだ」

「す、すみません！」

怒られても仕方ないのに、アレク様の口元には笑みが浮かんでいる。

「だが、考えてみれば、あなたにとって家族は何よりも大切なものなのだろう？　それこそ、自身を犠牲にしても守りたいほどに」

私はコクリとうなずいた。

「ならば、その家族を重ねられることはとても名誉なことなのかもしれない、と考え直した」

「名誉？」

「そうだ。あなたの家族のように、いつか俺にも気を許してほしいと思っていたから」

「アレク様……」

アレク様のそばは居心地がよすぎて困ってしまう。

今だってアレク様の落ち着いた声と、その温かい眼差しが心地よくて仕方ない。

「エステル。今は仲間でも主従関係でも、弟でもかまわない。だがいつか、俺のことを一人の男として見てくれると嬉しい」

アレク様を一人の男性として？

「それって……」

うまく思考がまとまらない私の頭をアレク様の大きな手がなでた。

「急がなくていい。俺もそうだが、エステルもきっとこれまで自分のことを考える余裕がなかったのだと思う。だから、少しずつあなたの好きなことをしていってほしい」

「私の、好きなことを」

フリーベイン領にいるかぎり、実家のことは心配いらない。そして、私は聖女の仕事も必要最低限しかする必要がない。

そっか、私はもう好きにしていいんだわ。

聖女の祈りは強制ではないし、私が浄化しなくてもフリーベイン領はアレク様や騎士団の皆に守られている。

ここでは、私は自分の意思で決めたことを、自分のためだけにしてもいいのね。

たしかに聖女に自由はなかったけど、私は自分のことを可哀想だなんて思ったことはない。だって、今までもやりたいようにやってきたから。

でも、もう一人で頑張らなくていいのだと思うと、ふいに涙がにじんだ。

「アレク様……ありがとうございます」

お礼を言うとボロッと涙がこぼれてしまう。

実家では頼りがいのある姉でいたかったから決して泣かなかった。聖女になってからは、浄化することに必死で涙なんて流すヒマがなかった。

ここでは泣くのも笑うのも、何をするのも自由。

だったら私はやっぱりアレク様のお役に立ちたい。

そう伝えるとアレク様は少し困ったように笑った。

「もう十分だ」

「まだまだです」

アレク様の本当の婚約者が決まるまでは、しっかりと婚約者のふりをしたい。

そう思った私は、アレク様の本当の婚約者の女性を想像してみた。

公爵家にふさわしい家柄で、すごく美人で賢い人。

そんな理想の女性にアレク様が優しく微笑みかける様子を思い浮かべると私の胸が少しだけ痛んだ。

＊

アレク様との馬車の旅は楽しくて、隣国カーニャの王都はあっという間にたどり着いたように感じた。

文化が違うせいか風に乗って運ばれてくる香辛料の香りに異国を感じる。

私達は舞踏会が開催される間、カーニャ国側が用意した宿泊施設に滞在することになっていた。

宿泊施設と言っても宿のようなものではなく、邸宅をまるまる貸してくれていた。それだけでも、いかに隣国がフリーベイン領を重要視しているかがわかる。

アレク様にエスコートされながら、煌（きら）びやかな邸宅に足を踏み入れた私は「わぁ」と感嘆のため息を漏らした。

「すごく豪華ですね。それにとても歓迎してくれているみたいです！」

「ああ、フリーベインはカーニャと物流のやり取りがあってな」

「なるほど」

カーニャにとってフリーベインは仲良くしておきたい相手なのね。

「公爵様はこちらのお部屋に。婚約者エステル様のお部屋はこちらです」

使用人達は皆、丁寧に接してくれる。

アレク様と別れて、案内された部屋も煌びやかだった。壁には銀髪家族の大きな絵が飾られている。

「これは？」

案内してくれたメイドに訪ねると「カーニャ王家を描いたものです」と教えてくれた。

「カーニャ王家は、皆さん銀髪なのですね」

「はい」

部屋に荷物を運ぶ騎士達の間をぬって、キリアが速足に近づいてくる。

「エステル様！」

「そんなにあわててどうしたんですか？」

「エステル様にどうしてもお会いしたいという者が訪ねてきています。ついたばかりなので追い返したいのですが、そうもいかず」

私が「会いますよ」と返事をすると間もなく優雅な足取りで一人の少年と、その護衛らしき男性が部屋に入ってきた。少年の髪は銀色に輝いている。

私より背の低い銀髪少年は、やわらかい微笑みを浮かべた。

「はじめまして。僕はフィン・カーニャです。この国の第六王子です」

やっぱり王族だったのね。私があわてて淑女（カーテシー）の礼をとると、王族なのにフィン殿下も頭を下げた。

顔を上げたフィン殿下の目はうるみ、頬は赤く染まっている。

「本物の聖女様に、こうしてお会いできる日が来るなんて！　光栄です」

「あ、でも、今は――」

「わかっています。聖女様は、フリーベイン公爵と婚約されたのですよね？　フリーベイン公爵が婚約者と一緒に我が国の舞踏会に参加すると聞いて、エステル様にお会いできる日を心待ちにしておりました」

隣国まで私達が婚約したことが広まっているのね。婚約者のふりは順調みたい。

「この国に滞在の間、僕があなた達の世話役をさせていただきます」

「王子様がですか？」

「はい、何か困ったことがあればいつでも相談してください、聖女様！」

「あ、ありがとうございます」

お話は終わったはずなのに、キラキラした瞳が私からそらされることはない。

な、何かしら？　まだ何かお話が？

こういうときは、婚約者としてどうしたらいいんですか、アレク様！

心の中でアレク様に助けを求めていると、フィン殿下はハッと我に返ったようなしぐさをした。

「すみません。聖女様を驚かせてしまいましたね。実は僕、聖女様や邪気に関する研究をしていまして。今回の世話役の件も、どうしても聖女様とお会いしたくて無理を通してしまいました」

「あ、それで……」

王族なのに私達の世話役をかってでてくれたのね。

私としても、この国で邪気について調べるつもりだったのでフィン殿下の存在はありがたい。

「殿下、私の国では邪気についての資料がほとんどないんです。殿下のお話をいろいろ聞かせてもらえませんか？」

「もちろんですよ！　その前に殿下ではなく僕のことはフィンと」

「では、フィン様と呼ばせていただきますね。私のことはどうぞエステルとお呼びください」

「わかりました。エステル、さっそくですが、僕の研究室に来ませんか？　邪気についてなんでもお答えしますよ」

「お招きくださりありがとうございます。でも、アレク様に……フリーベイン公爵様に確認してからでも良いでしょうか？」

アレク様の婚約者としてこの国に来ているのに、勝手なまねはしたくない。

「そうですね、僕としたことが大変失礼しました。フリーベイン公爵への挨拶を忘れておりました。今から向かいます」

扉付近まで歩いたフィン様はこちらを振りかえった。

「許可がとれたらフリーベイン公爵と一緒に、ぜひ来てくださいね！」

「はい」

フィン様と話しているうちに、荷物運びは終わったみたい。室内には私と護衛騎士のキリアしかいない。

心配そうなキリアと視線が合った。

「エステル様、体調はいかがですか？　長旅の疲れは出ていませんか？」

「私は元気ですよ。キリアのほうこそ疲れたのでは？」

私は馬車に乗っていただけだけど、キリアは馬にまたがりずっと馬車を護衛するようにあとをついてきていた。

宿にいるときも、私と相部屋だったせいで、護衛として常に気を張っていたと思う。

それなのにキリアは少しも疲れた顔を見せない。

「私は日々鍛えているので大丈夫です。お気遣いありがとうございます」

礼儀正しく頭を下げたあとに、キリアは深刻な顔をした。

「エステル様。あなた様は閣下の婚約者です。まぁ、今はまだ婚約者のふり、ですが。私にそのような話し方では怪しまれてしまいます。どうか敬語はおやめください」

言われてみればアレク様の婚約者が、護衛騎士に敬語を使っているのはおかしいかもしれない。

「わかりました……。いえ、わかったわ、キリア」

パァと表情を明るくしたキリアは、小さくガッツポーズをしている。

「キリア、さっそくだけどアレク様にフィン様の研究室に行っていいか、おうかがいしたいの。案内してくれる？」

「はい！」

アレク様の部屋は同じ階にあるものの、だいぶ離れていた。

キリアが「この階には、部屋が二つしかないそうです」と教えてくれる。

「え？　こんなに広い建物なのに？」

「はい。部屋の中に護衛やメイドが待機するための部屋も作られているようです」

言われてみれば部屋には扉がたくさんあった。その扉の数だけ部屋があるのかもしれない。

アレク様の部屋の前で、さっき別れたばかりのフィン様とお会いした。

「あっ、エステル！　フリーベイン公爵の許可を取りましたよ！　今度ぜひ僕の研究室に」

「はい、おうかがいしますね」

嬉しそうに微笑むフィンを見ていると、私の弟や妹とその姿が重なる。

私達の声が聞こえたのか、アレク様が部屋から出てきた。

「エステル」

「アレク様。許可をくださりありがとうございます！」

「いや、俺も気になることがあったので、殿下の申し出は有難かった」

「では、一緒に来てくださるんですか？」

「ああ、もちろんだ」

良かった。一人で行くよりアレク様と一緒のほうが嬉しい。

気がつけばフィン様は、私達をまじまじと見ていた。

「殿下、どうされましたか？」

アレク様の質問に、フィン様はニコッと微笑む。

「あなた達はとてもお似合いですね！」

えっと？　こういうときはどうしたら？

困った私がちらっとアレク様を見ると、アレク様は私の肩にそっと手を置いた。

「俺にはもったいないくらいの婚約者なので、そう言っていただけて光栄です」

「わ、私もアレク様のような素敵な方の婚約者になれて幸せです」

一瞬驚いたアレク様が、ふわっと優しく微笑んだので私はつい見惚れてしまう。

「ふふ、本当にあなた達はお似合いだ。聖女の力は愛する人ができれば強くなると言われていますものね」

初めて聞く話に、私とアレク様は顔を見合わせた。

「殿下！」

「そのお話、くわしくお聞かせ願えないでしょうか⁉」

私達の勢いに一瞬だけ驚いたものの、フィン様はすぐに瞳を輝かせる。

「はい、ぜひ聞いてください！　僕、聖女様についてならいくらでも語れますから！」

そのあと私達は、フィン様の案内で同じ建物内の客室へと案内された。

向かいのソファーにフィン様が座り、その後ろには腰に剣を帯びた護衛騎士が佇(たたず)んでいる。

私もアレク様の左隣に座った。なんだかアレク様の隣に座ると居心地よく感じてしまう。

こちらを見るフィン様の瞳は、相変わらずキラキラと輝いていた。

「それで、何からお話ししましょうか？」

アレク様が私を見て小さくうなずく。私が聞きたいことを聞いていいみたい。

「では、フィン様。邪気とはなんでしょうか？」

「邪気は、人の負の感情によって生まれたものだと言われています」

「負の感情？」

「はい、例えば怒り、悲しみ、嫉妬や不安などですね。それが長い間かけて溜まり邪気になる」

ということは、邪気に覆われていた私達の国の王都は、負の感情にあふれていたということになるのね。

フィン様は言葉を続ける。

「さらに邪気が集まれば魔物になります」

「えっ？ それは魔物が邪気からできているということでしょうか？」

「はい、そうです」

魔物は邪気を吸うと強くなることは知っていたけど、まさか邪気から魔物ができていたなんて。

「では、聖女とはなんなのでしょうか？」

「聖女様は邪気を浄化できる者のことをいいます。しかし、聖女が生まれるのはあなた達の国ゼルセラ神聖国のみ。不思議ですよね」

今までそういうものだと思っていたけど、改めて言われるとたしかに不思議だった。

「エステル。聖女様の力は、大聖女様に祈りを捧げたのちに使えるようになるんですよね？」

「はい」

「でしたら、これはあくまで僕の仮説ですが、聖女様とは祈りを介して大聖女様の力を借りられる者のことをいうのではないかと……あっ」

フィン様が申し訳なさそうな顔をする。

「すみません、エステルの力が借り物だと言いたいわけではないのです」

「大丈夫ですよ、私のことはお気になさらず」

それにフィン様の仮説はすんなりと納得できてしまう。

たしかに言われてみれば聖女は自分の力を使うというより、もっと別の大きな力を借りているような気がしていた。

それが祈る先の大聖女様だと言われたら、それはそうね。としか言えない。

「フィン様。では、大聖女様とはなんなのでしょうか？　私達の国では、大昔に大聖女様が私達の国を救ってくれたと言われています。彼女はその偉業から、国の守り神として崇められることになったと」

「おおむね合っていますが、僕が各地の伝承を調べたところでは、大聖女様は大陸中の邪気が集まりあふれ出す場所に、その身を捧げてこの地に平和をもたらしたと言われています」

「その身を捧げて、ですか？」

「はい。その場所で大聖女様が今も邪気を浄化し続けてくださっているから、この大陸ではめったに魔物が出ないのだと」

「今も？」

驚く私にフィン様は「もちろん、そういう伝承です。実際に確かめた者はおりません」と教えてくれる。

「だから、僕達の国では王族が代表して大聖女様への感謝の祈りを毎日捧げています」

「王族が、毎日……」

それは聖女の役目と同じだった。

「フィン様も聖女の力を使えるのですか？」

「そうだと良かったのですが」とフィン様は笑う。

「僕達はいくら祈っても聖女様の力は使えません。これはただの儀式で実際に邪気を浄化しているわけではないのです」

「では、どうしてカーニャ国の王族は、感謝の祈りを捧げるのですか？」

「邪気は負の感情によって生まれると言われていますが、正の感情は邪気を減らすことができると言われているからです」

「正の感情というと、感謝や愛情や思いやりといったことでしょうか？」

「そうです、前向きで明るい気持ちになる心の動き全般のことですね。ですから、王族が代表して感謝の祈りを捧げることで、民への模範を示しています。我が国では、子どものころは『そんなに怒っていたら邪気が増えて魔物が出るよ』と親に注意されるんですよ」

「正の感情が邪気を減らす、それが真実だとしたら……」

私はためらいながらも思ったことを口にした。

「本当は聖女なんて必要ないのでは？」

フィン様の眉が困ったように下がる。

「聖女様本人を前にして言うのはどうかと思いますが、その通りなのです。実際、ゼルセラ神聖国以外聖女様はいませんし、聖女様がいなくても私達の国は成り立っていますから」

フィン様がいうには、数年に一度くらいカーニャ国にも魔物は出る。でもその魔物を倒すことで、国に溜まった邪気を浄化しているという感覚らしい。

そして、魔物が出るたびに負の感情を抑えて、正の感情で生きていこうと人々は心を新たにしているとのこと。

今まで静かに話を聞いていたアレク様が口を開いた。

「殿下。エステルが言うには、我がフリーベイン領は邪気が少ないらしいのです。それなのに、頻繁に魔物が出ている。それはどういうことなのでしょうか？」

「興味深いですね」

フィン様は考え込むように自身のあごに手をそえた。

「そういえば聖女に守られているはずのゼルセラ神聖国の王都に、最近になって頻繁に魔物が出ているというウワサを聞いています。しかも、魔物は王城だけを狙っているとか?」

「そうらしいです」

私が「何かわかりますか?」と尋ねると、フィン様はゆるゆると首を左右にふった。

「僕が聖女様について知っている情報は古いものばかりです。新しく起こったことの真実はわかりません。でも、あえて仮説を立てるのなら……。ゼルセラ神聖国の王家は、大聖女様の加護を失ったのではないでしょうか?」

アレク様が私だけに聞こえるようにささやいた。

「なるほど、聖女エステルを王都から追い出した罰か」

そんなことで罰が下るとは思えないけど……。大聖女様の愛は深くどこまでも優しい。それは祈りを通じて感じることができる。

私はフィン様にさらに質問した。

「もし本当に王家が大聖女様の加護をなくして魔物に襲われているのだとしたら、フリーベイン領が魔物に襲われるのはどうしてですか?」

その質問にはアレク様が答えてくれる。

「初代フリーベイン公爵は、その当時の国王の弟だった。兄である国王を支えるために臣下におりて公爵位を授かったんだ。だから俺も王家の血を引いている」

「そうだったんですか⁉」

「ああ、公爵家に代々伝わる剣があると言っただろう？　あれは大昔に大聖女様と共に国を救うために旅立った英雄が持っていたとされる剣だ。英雄の亡きあと国宝とされ、フリーベイン公爵に与えられた。フリーベイン公爵家が王家の血筋であることを証明するためのものでもある」

「だとしても、フリーベイン領だけずっと魔物が出ているのはおかしくないでしょうか？」

私を王都から出いだす前から、フリーベイン領には頻繁に魔物が出ていたと聞いている。

しばらくの沈黙のあとに、フィン様は難しい顔で話し始めた。

「実は、僕は前々から気になっていたことがありまして。ぜひエステルに試してもらいたいことがあるのです」

「私に？」

「はい、大聖女様は聖女の祈りを受け取り力を貸してくれます。ならば、祈りだけではなく、聖女の質問も受け取り答えてくれるのではないかと」

「大聖女様に、私が質問を？」

今までそんなこと、一度も考えたことがなかった。

「やってみていただけますか？」

フィン様にうながされて私はいつものように大聖女様に祈りを捧げた。そして、いつもと違い大聖女様にそっと呼びかけてみる。

——大聖女様。私の質問に答えてくださいますか？

「……」

返事はない。

「何も起こりませんね」

フィン様はがっくりと肩を落とした。

「そうですか、残念です。大聖女様のお言葉が聞ければ、それこそ邪気や魔物、聖女様のすべてがわかると思ったのに」

フィン様の後ろに控えていた護衛騎士が「殿下、そろそろ」と声をかけた。

「そうですね。今日のところはこれで失礼します。エステル、いつでも僕を訪ねてきてください。聖女様についてまだまだ聞きたいことがたくさんあるので」

「はい、ぜひ！　ありがとうございました」

立ち上がったフィン様は、アレク様に微笑みかける。

「舞踏会は四日後です。それまでのんびりお過ごしください」

フィン様をお見送りすると、アレク様と二人きりになった。

「のんびりと、か。エステルは何がしたい？」

「そうですね、私はカーニャ国の図書館に行きたいです。あと、フィン様にまたお会いしてお話

を聞きたいですね」

私やアレク様の身体に浮かんでいた黒文様のことを、フィン様に聞くのを忘れてしまっていた。

「わかった。他には？」

他にはと言われても、もう何も思いつかない。

「えっと、のんびり過ごすって難しいですね。アレク様は何かしたいことないんですか？」

「俺は……」

アレク様が私の手にそっとふれた。

「エステル、俺と一緒に街を散策……。その、デートをだな」

「あ、いいですね！　行きましょう」

パァと明るい表情を浮かべたアレク様。

「私達が仲の良い婚約者だと周囲にアピールできますものね。私、婚約者のふり、頑張ります！」

アレク様は優しい笑みを浮かべると「ああ、頼んだぞ。街では、エステルが楽しめることをたくさんしよう」とやさしく私の頭をなでた。

次の日。

私とアレク様は目立たないようにカーニャ国の平民服に着替えて街へ繰り出すことにした。

カーニャ国は、地形の関係で私達の国より少し気温が高い。なので、平民服も薄着になっている。

予想はしていたけど、軽装のアレク様はすごかった。いつもはビシッと貴族服や騎士服を着ているアレク様が、今はラフな半袖白シャツと長ズボン姿になっている。

アレク様！　胸元についている紐はもっとしっかり締めてください、目のやり場に困ります。なんですか、そのたくましい腕は！

心の中で叫んだあとに、私はフゥとため息をついた。薄いシャツ一枚では、アレク様の魅力は隠しきれない。

ただでさえ顔が整っているのに身体まで鍛えたら、それはもう完璧じゃないですか！

でも、アレク様の一番の魅力は優しいこと。そんな素敵なアレク様とデートできる幸せをかみしめていると、アレク様は熱に浮かされているような顔で私を見ていた。

「エステル。その服、とても似合っているのだが、腕や足が……その、少し肌が出過ぎではないだろうか？」

たしかに私の着ている平民服も半袖で、スカート丈は膝までしかない。こんなに手足が出る服を着たのははじめてだった。

「でもこれがこの国の一般的な平民服らしいですよ？」

「そ、そうか。ならば仕方あるまい」

コホンと咳払いしたアレク様は「エステル、街では決して俺の側を離れないように」と小さな子どもにするような注意をした。

そういえば、最近、アレク様はよく頭をなでてくれる。もしかして私、子ども扱いされているの⁉

嫌じゃないけど、少しドキドキしてしまうのでやめてほしい……。

「さぁ行こう、エステル」

差し出されたアレク様の手に、遠慮がちに自分の手を重ねる。

私達が乗り込んだ馬車は、市街地へと向かった。

人ごみを避けて朝早くから出かけたけど、街は活気にあふれている。

馬車から降りた私達から少し離れたところには、私服を着た護衛の騎士達が五人いた。その中にはもちろんキリアも含まれている。デートといっても、公爵のアレク様と二人きりでお出かけするわけではない。アレク様に何かあれば大変だもの。

今だって行きかう人々が皆アレク様を見ていた。

わかります。美青年は見ているだけで幸せな気分になりますよね。

人々からの視線をアレク様はまったく気にしていない。

「出店(みせ)が並んでいるな。市場(いちば)のようなものか。少し歩こう」

「はい」

歩き出したアレク様の手は、私の手をしっかりと握っている。

そんなにずっと握っていなくても迷子になりませんよ、と言おうとしたけど、予想以上に人が多いのでやめた。もし迷子になったら目も当てられない。

野菜や果物から日用品までいろんな出店が並んでいた。

「わぁすごい……」

果物の出店の前でアレク様は立ち止まった。そこでは、その場で果汁をしぼったいろんな種類のジュースが売られている。

「エステル。りんごジュースがあるぞ。飲むか?」

「はい、飲みます。えっと、でもどうしてりんごジュース限定なんですか?」

りんごジュースもおいしいけど、他のものもおいしそう。

わずかに目を見開いたアレク様は「エステルは、りんごが好きなのかと思っていた」とつぶやく。

「ほら、前に馬車の中でりんご売りの親子の話をしていたから」

「あっ! そういえば、そんな話をしましたね」

あんなに何気ない私の話を覚えていてくれたなんて……。細やかな気遣いに感動していると、アレク様は「違ったのか」と目に見えて肩を落とした。

「あっえっと、りんご大好きですよ! 私、りんごジュースが飲みたいです」

「そ、そうか」

アレク様が買ってくれたりんごジュースは、とてもおいしかった。

「アレク様はなんの果物が好きですか？」

「果物は特に」

「じゃあ、好きな食べ物はなんですか？」

少し悩んだアレク様は「肉だな」と答えた。

「いいですね、お肉おいしいですよね！」

お肉を売っている出店を見つけたら、アレク様と一緒に食べようっと。

辺りをキョロキョロしていると、人ごみの向こうに『串』と書かれた看板が見えた。あそこならお肉も売っているかもしれない。

「アレク様、あそこに――」

そのとたんにアレク様が私の手を引いた。飲みかけのりんごジュースが私の手から落ちて、地面にカップが転がる。

「あっ」

私を守るように抱きしめたアレク様は、パンッと何かを叩き落とした。

「え？」

私の視界いっぱいにアレク様の胸板が広がっていて、何が起こっているのかわからない。

アレク様の低く怖い声が聞こえる。

「なんのつもりだ」

身じろぎしてアレク様の視線を追うと、フードを深くかぶった男性をにらみつけていた。

「今、彼女にふれようとしたな？」

フードの男はふれようとしたその手をアレク様に叩き落とされたようで、痛そうに押さえている。

キリアや他の騎士達が、フードの男の周りを取り囲んだ。

「その男、帯剣しているぞ。気をぬくな」

「はい！」

フードの男からチッと舌打ちが聞こえる。素早くしゃがみこんだフードの男は、驚く騎士達の隙をついて走り去った。

「待て！」

そのあとを騎士達が追いかけていく。

「深追いはするな！」

そう騎士達に命令するアレク様は、たぶん私の存在を忘れている。

さっきからずっと抱きしめられたままなんですけど……。

身動きが取れなくてどうしたらいいのかわからない。

しばらくすると、ようやくアレク様は私のことを思い出してくれた。

「大丈夫か？　エステル」

抱きしめられたままなので、すぐ近くにアレク様の顔がある。

「は、はい、なんとか……」

私はたぶん真っ赤になっていると思う。そこでようやくアレク様も気がついてくれたようで、

「あ、すまない」と言って解放してくれた。

「緊急事態で、その。さっきの怪しい男がすれ違いざまに、あなたにふれようとしていたんだ」

「そうだったんですね」

「心当たりはあるか？」

「いえ」

聖女の力を狙って、とかならわかるけど、そもそも聖女である私の顔を知っている人自体が少ない。

なぜなら、ほとんど神殿にこもっていたし、顔に黒文様が出てからはずっと黒ベールで顔を隠していたから。

「私がはしゃいでいたから旅行者だとバレて、スリでもしようと思ったんですかね？」

「……そうだろうか」

しばらくすると、フードの男を追いかけていた騎士達が戻ってきた。

「フードの男を見失いました。申し訳ありません、閣下！」

「いや、不慣れな土地だからな。仕方あるまい」

そう言ったアレク様の顔は険しい。何か考え込むように腕を組んでいる。

「エステル、今日はこれで帰ろ――」

私はそっとアレク様の腕にふれた。

「あの、あそこにアレク様の好きなお肉が売っているかもしれませんよ？　行ってみませんか？」

アレク様は驚いた顔をしたあとに、いつもの優しい雰囲気に戻る。

「ああ、そうだな」

「せっかくのデートですから、楽しみましょう！」

「デート……そ、そうだった」

私達は、離れてしまっていた手をもう一度つなぎ直した。

＊

Side：オグマート第三王子

フリーベイン領の騎士達が、私を捕えようと追いかけてきた。

市場（いちば）の人ごみを使って逃げたことでうまく撒（ま）けたようだ。

エステルを連れ去ってしまいたかったが、今はこの場から離れるしかない。ようやくエステルを見つけることができたのに、ここで捕まるわけにはいかなかった。

　ここまでたどり着くまでの苦い出来事が次々に私の頭をよぎる。

　それは数か月前のこと。私はエステルを連れ戻すために王都から旅立ちフリーベイン領を目指した。

　王城から出る際、私が門番に「魔物が現れた。退治に行く」と告げると確認もせずにすぐに城外に出してくれた。

　本当に危機感のないバカなやつらの集まりだ。だから魔物なんかに殺されるんだ。私の命令が悪かったわけじゃない。

　王族から一兵卒に落とされた私では馬車や馬が使えない。仕方がないので歩いて王都から出た。行きかう人にフリーベイン領までの道を聞きながら進むべく方角を決める。

　その途中で荷馬車を走らせていた男に声をかけられた。

「あんた、どこに行くんだい？」

「……フリーベインだ」

　みすぼらしい姿をしている私が王子だとばれるわけにはいかない。フードを深くかぶって顔を隠していると、男はさらに話しかけてくる。

「あんた、腰の剣は使えるのか？」

「ああ」

男は親指をくいっと背後の荷馬車に向ける。

「よければ乗ってけよ。飯くらいくわせてやるぜ。その代わり護衛をしてくれ。ほら、最近王都では魔物が出て物騒だろう？」

使えるものは使うかと、私は荷馬車に乗り込んだ。中には老婆と子どもが二人、そしてその子どもの母親と思われる女が乗っていた。

私に声をかけた男が御者台から話しかけてくる。

「ちょうど俺達もフリーベインに向かっているんだ。親戚がフリーベインにいてな。ウワサでは今、聖女様はフリーベインにいるそうだぞ。王都はもうダメだ」

何も答えず私は荷馬車の端に座った。座席なんかない。ガタガタとゆれる荷馬車の乗り心地は最悪だった。

「ねぇねぇおかぁさーん」

耳障りな子どもの声を聞きながら、私は目をつぶった。

それから数日後。

何度も休憩をくり返し、ゆっくりと進む荷馬車はなかなかフリーベインにたどり着かない。もう我慢の限界だった。

夜になり皆が荷馬車内で寝静まったころ、私は静かに起き上がった。

荷馬車からおりると、馬と荷馬車を繋いでいる留め具を外す。鞍（くら）はないが手綱はあるので問題ない。乗馬は剣術の次に得意だった。

「何をしている!?」

背後から声をかけられたので、振り向きざまに剣を鞘（さや）から抜き馬主の男に突きつけた。

「金を出せ」

「……貴様」

「殺されたいのか？」

殺気を放ち凄（すご）むと男はしぶしぶ腰に下げていた袋をこちらに投げ捨てる。

男に剣を突きつけたまま袋を拾い、中を確認するとたしかに金が入っていた。正直、知識では知っていたが実際に持ったことも使ったこともない。

一兵卒として無理やり働かされていた数か月の間の報酬は、すべて亡くなった騎士達の遺族に送られると言っていた。

もし報酬をもらっていたとしても、騎士団内では質素だが衣食住が提供されていたから金を使う機会もない。だから、この量の金額でどれくらい生活ができるのか判断ができなかった。

私の隙をついたつもりなのか、男がこちらに飛びかかってきた。私は男の足を払い、よろけたところでもう一度のど元に剣を突きつける。

「世話になった礼に殺さないでおいてやる。だが、次はない」

ガタガタとふるえる男をよそに、私は馬にまたがった。私の愛馬とは比べ物にならないくらい粗悪だが、それでもないよりはマシだった。

月明かりを頼りに馬をしばらく走らせた。すぐに馬の体力がつきて息が上がってきたので、道端の木に手綱をくくりつけて野宿で夜を明かした。

どうして高貴な生まれの私がこんな目に……。

そんなことばかりが頭をよぎる。でも、この生活には必ず終わりがある。エステルさえ王都に戻ればすべてが元に戻るのだから。

夜が明けると、また馬を走らせた。馬の息が上がると休息を取らせる。それを数回繰り返すと、夕方ごろにようやくフリーベイン領にたどりついた。

近場の宿に泊まり久しぶりの食事を取る。そのあとは気を失うようにベッドで眠った。

目覚めたら、もう昼を過ぎていた。すぐにエステルのことを宿屋の主人に聞きに行く。

「エステル？　ああ、公爵様の婚約者、聖女エステル様のことか？」

「は？　婚約者だと？」

主人は上機嫌に語る。

「ああ、そうだ。元は王都で暮らしていた聖女様がフリーベインに来てくださったんだ！　すごいだろ？」

そんなことはどうでもいい。

「婚約者とはどういうことだ？」

「どういうことも何も、そのままだ。公爵様とエステル様は婚約されている。そのおかげか、魔物が出る頻度が少なくなっているそうだ。これでフリーベインは安泰だ！」

私は力任せにカウンターテーブルを叩いた。

「くそっ！」

フリーベイン領の若き公爵はそのあまりの醜さに公（おおやけ）の場に現れず、常に顔を隠して生活していると聞いていた。

醜いエステルとお似合いだと思っていたが、まさか二人が婚約していたなんて。醜い者同士気でもあったのか？

いや、フリーベイン領は魔物が頻繁に出るという。ならば公爵もエステルの聖女の力が目当てに違いない。

だとしたら、エステルを返せと言っても、公爵は決して返さないだろう。無理やりにでも奪い取らないと。

私は覚悟を決めて馬にまたがりフリーベインの中心にある公爵邸に向かおうとしたが、その途中でフリーベイン公爵とエステルが隣国カーニャに旅立ったという話を聞いた。

思わず舌打ちが出たが、すぐにこれはチャンスかもしれないと思いなおす。

フリーベインの騎士達に警護されている公爵邸に忍び込むのは困難だ。だが、旅先なら簡単に接触できるかもしれない。

カーニャ国の王族とは何度か王家主催の舞踏会で会ったことがある。その際に「我が国から、こちらの国に来る際に、馬車が通れる広い道を使うとだいぶ遠回りになる」と言っていた。

しかし、馬でならもっと早く着くらしい。

私は馬でカーニャ国に向かう道を聞いて先を急いだ。うまくいけば、先にカーニャ国に向かっているエステルに追いつけるかもしれない。

私の予想は大当たりだった。私が野宿をくり返し、馬でカーニャ国の王都にたどり着いたとき、ちょうどフリーベイン公爵とその婚約者が来ているとウワサになっていた。

二人は王家が用意した豪華な邸宅に宿泊しているらしい。それに比べて私は街はずれのボロ宿にしか泊まれない。私がこんなにみじめな生活をしているのにエステルは……。そう思うと腹が立つ。

エステルが宿泊している邸宅の周りをうろついたが、厳重に警備されていて中に入れそうもない。

だが、いつか必ず外出するはず。そのときはすぐに来た。

邸宅内から馬車が出てきた。方角的に市場のほうに向かうようだ。

路地を使い、先回りして市場に向かう。なんとかそこでエステルを取り戻さなければ。

しかし、予想外のことが起こった。エステルが乗っているはずの馬車から美しい女が降りてきたのだ。

服装はこの国の平民が着る服だったが、立ち居振る舞いが貴族のそれだった。

滑らかなブラウンの髪に、エメラルドのように輝く瞳。思わず見惚れていると美しい女をエスコートしていた若い男が「エステル」と女に呼びかけた。エステルと呼ばれた女は嬉しそうに微笑む。

「あれが、エステル……なのか？」

確証が持てない。必死にエステルの顔を思い出そうとしているのに、黒ベールと黒文様しか思い出せない。

ああ、そうか。私は、醜いと遠ざけてエステルの顔すらまともに見ていなかったのだな。

あの美しい女が本当にエステルならば、隣にいる若い男はおそらくフリーベイン公爵だ。

公爵もウワサのように顔を隠していないし醜くもない。

二人のあとを追っていると、エステルが楽しそうに笑った。まるで花がひらくような明るい笑みだった。

悪くない。いや、むしろ良い。

醜かったエステルから黒文様が消えてなぜか美しくなっている。これなら私の婚約者にふさわしい。今のエステルなら、大切にするし心から愛することができる。

エステルは力が強い聖女だから王子である私の妻になるべきだ。ほしい。絶対に彼女がほしい。

吸い寄せられるようにエステルに近づき、その肩にふれようとしたら、手を叩き落とされた。

ハッと我に返ると公爵が私のエステルを抱き寄せ、こちらをにらみつけている。すぐに二人を護衛していたフリーベインの騎士に取り囲まれた。

「チッ！」

そのあとは、フリーベインの騎士からうまく逃げ、またボロ宿に戻ってきた。せますぎる部屋には、ヒビが入った鏡がかけられている。

私は顔を隠していたフードを下ろした。鏡に映る私の顔に黒文様はまだない。

そのことに安心して深いため息をついた。

腰あたりに浮かびあがった黒文様は、少しずつ私の身体に広がっている。このままにしておけば、いつか昔のエステルのように顔にまで黒文様が浮かび上がってしまう。

だが、エステルの黒文様は消えていた。きっと彼女は黒文様を消すことができるようになったんだ。

「……まだ間に合う」

エステルは公爵の婚約者になっているが、まだ婚姻したわけじゃない。エステルを王都に連れ戻し、私と婚姻すればいい。

そうすれば、元通り。

いや、今の美しいエステルなら元通りどころか完璧だ。

好都合すぎる展開に私は笑いをこらえることができなかった。

＊

デートを楽しんだ私達が、宿泊している邸宅に戻ってきたころ、空は夕焼け色に染まっていた。

私の部屋の前にたどり着くと、それまでずっと繋いでいた手をアレク様が離す。

初めはためらっていたのに、私達はいつの間にか手をつなぐことが当たり前になっていた。

「エステル、今日は楽しかった」

「私もです。すごく楽しかったです」

「また行こう」

「はい！」

優しく微笑んだアレク様は、私に手を振り背を向ける。その背中が見えなくなるまで私は見つめていた。

アレク様の手は大きくて温かい。部屋の中に入ってから、私は繋いでいた右手をジッとながめていた。

アレク様の婚約者のふりをするのが私の役目で、そんな私をアレク様は大切に扱ってくれる。

それがとても嬉しい。アレク様はこのままの私でいいと言ってくれる。でも、いつかアレク様のことを一人の男性として見てほしい、とも言っていた。

もしかして、アレク様は私のことを聖女ではなく、一人の女性として見てくれているのかもしれない。

だとしたら、私はどうしたいのかしら？

「エステル様」

キリアに遠慮がちに声をかけられて、私はハッと我に返った。見つめていた右手からあわてて視線を外す。

苦しそうな表情を浮かべたキリアは「大変申し訳ありませんでした」と私に向かって深く頭を下げた。

「急にどうしたの？」

「エステル様をお守りするのが私の役目なのに、エステル様に怪しい男を近づけてしまいました」

「あっ、そんなこともあったわね？」

市場でフードを深くかぶった怪しい人にさわられそうになっていたらしい。私はそのことに気がついてすらいなかったので、よくわからないけど。

そのあとが楽しすぎてすっかり忘れてしまっていた。

「閣下がエステル様を守ってくださらなければ、どうなっていたのか……。護衛騎士として恥じております」

気にしなくていいですよ、と声をかけようとして私はやめた。

キリアは自身の仕事に誇りを持っている。

私だってアレク様の婚約者のふりで失敗したときに『気にしなくていい』と言われても、少しも嬉しくない。

だったら――。

「こんなときもありますよ。次からしっかり守ってね。頼りにしています」

「はい！」

そう答えたキリアの瞳は真剣そのものだった。

でもそっか。護衛対象の私があちらこちらに移動したら、護衛をしてくれている騎士達が大変なのよね。

明日はアレク様と王立図書館に行こうと思っていた。でももしかすると、どこにも行かずに舞踏会の日まで大人(おとな)しくしておいたほうがいいのかも？

私がそんなことを考えていると、扉がノックされる。すぐにキリアが対応してくれた。

「エステル様、閣下とカーニャ国の第六王子殿下がいらっしゃいました。入っていただいても良いでしょうか？」

「え？　もちろん、いいけど……」

アレク様とフィン様がそろって私に会いに来るなんて、何かあったのかしら？

室内に招き入れた二人は、すぐに本題に入った。先に話し始めたのはフィン様だった。

「エステル、明日図書館に行くんですよね？」

「はい。その予定なのですが……」

「市場で怪しい男に会ったと聞いたのですが、大丈夫でしたか？」

フィン様は、アレク様から話を聞いたようだ。

「大丈夫です。アレク様が守ってくださいましたから」

「なら良かったです。念のため邸宅の警備を強化しました」

なんだか大事になってしまっている。

やっぱり図書館には行かないと言ったほうがいいみたい。

「あの、フィン様。図書館には……」

「行きたいんだろう？」

私の言葉をさえぎったのは、予想外にアレク様だった。

「行きたいか行きたくないかと聞かれれば、行ってみたいです。でも、皆さんに迷惑をかけてまで行きたいとは思えなくて……」

そういうことを伝えると、アレク様はポンポンと私の頭をなでた。

「そのことを今、殿下に相談していたんだ。広い図書館内をまるまる警備するわけにはいかない。あと、本棚などの視界を遮るものが多い場所では不審者を見逃がしやすいからな」

「やっぱり……」

行かないほうがいいよね？　アレク様もきっとそう考えていると思ったのに。

「そこで、図書館が開く前の早朝に貸し切ることにした」

「えっ、貸し切り？」

予想外の言葉に私はポカンと口を開けてしまう。

「ああ、俺達以外に人がいなければ警備もしやすいからな」

「あの、そういうことじゃなくて。そこまでしていただかなくても」

フィン様は「実は、僕がよく使っている手でして」と恥ずかしそうに頬を染めた。

「だから、遠慮しなくていいですよ」

「そうだ。エステルはやりたいことをやればいい。図書館に行きたいんだろう？」

私はためらったあとにコクリとうなずく。

「なら行こう」

「はい！」

フィン様の後ろで控えていた護衛騎士が、フィン様に近づいてきた。

「殿下、そろそろ」

「そうだね」

私を見つめたフィン様は「王族は、これから祈りの時間なのです。僕はこれで失礼しますね」

とニッコリ微笑み去っていく。

アレク様も「では、俺も部屋に戻る。エステル、また明日」と言って私に背を向けた。でも、扉まで歩いたアレク様は、ピタッと立ち止まりなぜかくるりとこちらを振りかえる。

「明日もあなたと出かけられて嬉しく思う」

そういったアレク様の頬は赤い。つられて私も赤くなってしまう。

「エステルとの図書館デート、楽しみにしている」

「図書館、デート？」

「ああ、デートだ」

真面目(まじめ)な表情でコクリとうなずいたあとアレク様は今度こそ部屋から出ていった。

そっか、明日もデートだったんだ……。

また手をつなぐのかしら？　そう思うと、恥ずかしいような嬉しいような不思議な気分になってくる。

視界の端でキリアが小さくガッツポーズしているのが見えた。

「いける！　いけますよ、閣下！」

そんな小声が聞こえてくる。

何がいけるのかしら……。聞いてはいけないような気がするわ。

私は、さっきよりずっと図書館に行くのが楽しみになっている自分に気がついた。

第四章　夢の中のあの人は

夜も更け空には頼りない三日月が浮かんでいる。

キリアと別れ寝室に入った私は、ベッドに腰をかけながらフィン様の言葉を思い出していた。

フィン様は、カーニャ国の王族は毎日大聖女様に祈っていると言っていた。私もフリーベイン領に行くまでは一日中祈り邪気を浄化する生活を送っていた。だけど、今では朝晩くらいしか祈っていない。

私は目を閉じ、指を組み合わせて大聖女様に祈りを捧げた。

いつものように大聖女様に感謝を伝えたあとに、これまでとは違い大聖女様に話しかけてみる。

大聖女様、わからないことがたくさんあります。どうして王都やフリーベイン領だけが魔物に襲われるんですか？　それに、私からあふれ出た光はなんだったのでしょうか？

どれだけ待っても返事はない。私は祈るのをやめて目を開いた。

一日中、市場（いちば）を歩き回っていたせいか、身体がだるくて仕方ない。ベッドに横になるとすぐにまぶたが重くなる。

「大聖女様……」

まだ起きていたくて、私は思っていることを声に出した。

「……大聖女様は、大陸中の邪気が集まりあふれ出す場所に、その身を捧げてこの地に平和をもたらしたというのは本当ですか？」

睡魔に襲われて意識がとぎれとぎれになっていく。

「もし、それが本当だったら、そんなの……人柱じゃないですか……。ねぇ、大聖女様。つらくなかったですか？」

私だったらつらい。だって、そんなことをしたら大好きな家族に二度と会えなくなってしまうから。キリアやフリーベイン領の皆にだって会えなくなる。

それに、アレク様にも。

そう思うと胸がしめつけられるように痛む。

「大聖女様が今でもその場所で、邪気を浄化し続けてくださっているなんて……そんなの、ウソですよね？」

私の脳裏に一人きりで王都の邪気を浄化し続けていたころの自分が浮かんだ。聖女になりたくてなったのだから後悔なんてしていない。でも、もう二度とあの生活に戻りたいとは思わない。

まるでベッドに沈んでいくように、私はゆっくりと意識を手放した。

＊

どこからか水滴が落ちる音が聞こえてくる。

ピチャン
目覚めると私は薄暗く広い空間に一人で立っていた。

ここは……？

空間内には荘厳な柱が立ち並び、その先には祭壇が見える。

どこかの神殿みたいだわ。

見上げるとドーム型の天井の中心部からは淡い光が差し込んでいた。でもその頼りない光だけでは神殿内を明るく照らすことはできない。

よく見ると祭壇の前で誰かが祈っていた。神殿内が薄暗い上に、遠くてここからではよく見えないけど、たしかに人がいる。

私が祭壇に向かって歩き出すと、途中から床が濡れていることに気がついた。

ピチャン
また水の音がする。どこかから水が漏れて、床に広がり水たまりをつくってしまっているのね。

祭壇に近づけば近づくほど、水たまりは深くなっていく。

足首までが水で浸かってしまったころに、私はようやく祭壇にたどり着いた。

淡い光に照らされながら祭壇に向かって女性が祈っている。栗色の髪は床につくほど長く、水面に広がりゆらゆらと浮かんでいた。

見れば祭壇から、どす黒いモヤがあふれ出ている。それは邪気で女性の祈りによってかき消されていく。

ということは、この女性も聖女なのね。

私は神殿内を見回した。こんなに寂しいところで一人、祈りを捧げているなんて……。

祈りの邪魔をしてはいけないとわかっていても、私はどうしても彼女をそのままにできなかった。

「あの……」

声をかけると女性は祈るのをやめた。

「あなたも、聖女ですよね？」

ゆっくりと女性がこちらを振りかえる。

その顔を見て、私は思わず息をのんだ。

なぜなら女性の顔に、びっしりと黒文様が浮かび上がっていたから。私やアレク様よりももっとひどい。地肌が隠れてしまうほど黒文様で埋め尽くされている。

「こんなになるまで祈っていたの⁉」

そう叫んで私は女性に駆けよった。

「もういいから！　もう祈らなくていいわ！」

女性はうつろな瞳で私を見ている。彼女を怖がらせてしまわないように両肩にそっと手を置いた。

「私、フィン様に教えてもらったの！　邪気は負の感情から生まれるんだって！　正の感情で相殺できるって！　だったら、本当は聖女なんていらないでしょう⁉　だから、もういいから！」

女性の瞳から一粒の涙がこぼれた。頬を伝い涙は水たまりに落ちていく。

ピチャン
それは今までずっと聞こえていた水音だった。私は床に広がる大きな水たまりを改めて見回す。

「……もしかして、この水たまり、あなたの流す涙でできたの？」

女性は口を開かない。代わりに私の頭に直接声が聞こえてきた。

――エステル、もうあまり時間がありません。

「ど、どうして、私の名前を？」

――私はこれまでずっとあなたの祈りに応えてきました。

聖女である私の祈る先は、大聖女様。

「ということは、あなたは……」

私は目の前のうつろな瞳の女性を見つめた。

――これから言うことをよく聞いてください。私達の国、ゼルセラ神聖国内で、能力が飛びぬけて高く、強靭な精神を持つ者を三人選びました。エステル、あなたもその一人です。でも、私に選ばれたせいで邪気に侵され黒文様が浮かぶようになってしまいました。

私は左肩に残る黒文様にふれた。これは大聖女様に選ばれた証だったの？

――選ばれたあなた達が決めてください。

「何を？　何を決めるんですか？」

――ゼルセラ神聖国の未来を。そして、私が朽(く)ちて消えてしまったあとの世界の理(ことわり)を。

「大聖女様がいなくなってしまうのですか？」

カクッと人形のように大聖女様がうなずいた。

――もうこの身体は長くもちません。私はこの世界を大切に思っています。しかし、すべてを恨み、この世界そのものの消滅を願っている者もいるのです。その邪悪な心を、今の私では抑えることができません。だからどうか……。

急に後ろに引っ張られる感覚がした。次第に大聖女様の声が遠くなっていく。

「待って！　まだ聞きたいことが！」

――心配しないで。また夢の中で会いましょう。誰よりも優しいエステル……私のために胸を痛めてくれてありがとう。

白くなっていく視界の中で、ほんの少しだけ大聖女様の口元がゆるんだような気がした。

＊

「――ル！」

「エステル！」

名前を呼ばれて目を覚ますと至近距離にアレク様の顔があった。澄んだ紫色の瞳が不安そうに私を見つめている。

「……あ、あれ？」

ここはカーニャ国の私の寝室なのに、どうしてアレク様がいるの？

もしかすると、私はまだ夢の続きを見ているのかもしれない。

「エステル、大丈夫か？」

「えっと、はい……？」

アレク様は、私のベッドをのぞき込むような姿勢になっていた。その後ろにはキリアの姿も見える。

「アレク様、キリア……？」

二人とも怖いくらい真剣な表情をしていた。

「何かあったんですか？」

ベッドから身体を起こした私を見て、アレク様は深いため息をついた。

「良かった。体調が悪いわけではないのだな？」

「はい、元気です」

アレク様の手が私の頭を優しくなでた。

「時間になってもエステルが起きてこないので、キリアが起こしに行ったんだ。そうしたら、あなたは真っ青で苦しそうにうめいていたらしい。それに……」

アレク様はそっと私の左手にふれた。その手のひらには黒文様が浮かんでいる。

「えっ⁉」

あわてて右手をみると右手にも同じように黒文様が浮かんでいた。

「これって、もしかして……」

私が夢の中で邪気まみれの大聖女様にふれたから？

足にも違和感を覚えてベッドから出ると、私の足は足首あたりまでぐっしょりと濡れていた。

これは大聖女様の涙でできた水たまりを歩いたせい？

「だとしたら、あれは……夢じゃないんだわ」

アレク様は私の黒文様まみれの手を握りしめた。この禍々しい文様が浮き出た私の手にためらいなくふれてくれるのは、たぶんアレク様しかいない。

「何があったのか教えてほしい」

「実は――」

私は夢で見た内容を話した。

どこかの薄暗い神殿で大聖女様が祈りを捧げていたこと。

大聖女様の顔は、私達よりひどく黒文様まみれだったこと。おそらく顔だけではなく全身に黒文様が浮かび上がっていて、大聖女様にはもうあまり時間がないこと。

そして、私とアレク様が大聖女様に選ばれた者だということ。

「エステルは聖女だから選ばれるのはわかるのだが、俺もなのか？」

「大聖女様は『私に選ばれたせいで邪気に侵され黒文様が浮かぶようになってしまった』と言っていました。だから、黒文様が浮かんでいたアレク様も選ばれています」

「選ばれた者は三人いると言っていたそうだな？」

「はい。だから、私達以外にあと一人、黒文様が身体に浮かび上がっている者がいるはずです」

「その三人で、何をしろと？」

私はもう一度、大聖女様のお言葉を繰り返した。

「ゼルセラ神聖国の未来と、大聖女様が朽ちて消えてしまったあとの世界の理を決めてほしいと言っていました」

「要領を得ないな」

アレク様の言う通り、私達が具体的に何をしたらいいのかはわからない。でも、今の段階でもわかっていることはある。

「おそらく大聖女様がいなくなれば、それまで大聖女様が浄化していた邪気が世界中にあふれ出すのではないでしょうか？」

「なるほど、その瞬間に世界の理……ようするに、これまでの常識が変わってしまうというわけか」

今まで長い時を大聖女様ありきで暮らしていた人々が、これからは大聖女様がいない世界で生きていかないといけなくなる。

「大聖女様がいなくなれば、私は聖女の力が使えなくなるかもしれません。もう二度と私達の国に聖女が生まれなくなるかも……。カーニャ国だって、王族が祈るだけでは負の感情を相殺しきれず、魔物が頻繁に出るようになってしまう可能性もあります」

私達は、それだけ大聖女様に頼って暮らしてきたのだと、今さらながらに思い知らされる。

アレク様が口にした「大聖女様は、やはり神なのだろうか？」という言葉に、私は首をふった。

「違います。だって、大聖女様は、泣いていたから」

気が遠くなるような長い年月を、薄暗い神殿でたった一人祈り続けた結果。その足元には大きな水たまりができてしまうくらい涙を流していた。

大聖女様を思うと胸がしめつけられるように痛む。私の瞳からあふれた涙は、頬に手をそえるようにアレク様がぬぐってくれた。

「エステル、大丈夫か？」

優しく声をかけられて、私はさらに泣いてしまう。

きっと大聖女様の涙をぬぐってくれる人なんかいない。心配して『大丈夫か？』と聞いてくれる人もいない。それがとても悲しくて、どうしようもなく苦しい。

「アレク様……私、大聖女様を助けたいです」

もう手遅れかもしれないけど、それでも大聖女様の身体に溜まった邪気を浄化すれば黒文様が消えるかもしれない。消えたら、大聖女様はもっと生きられるかも。

「もう大聖女様を一人にしたくないんです」

アレク様はゆっくりとうなずいた。

「わかった。大聖女様を助けよう」

「……どうやってですか？」

「フィン殿下が言っていただろう？」

――大聖女様は大陸中の邪気が集まりあふれ出す場所に、その身を捧げてこの地に平和をもたらした。その場所で、大聖女様が今も邪気を浄化し続けてくださっているから、この大陸ではめったに魔物が出ない。

「ということは、大聖女様が祈っている場所がこの地のどこかにあるはず。そこを探し当てれば、大聖女様に会える」

私はアレク様をまじまじと見つめた。

「アレク様は天才ですか？」

「いや……」

謙遜するアレク様の両手をにぎる。

「天才ですよ！　アレク様すごいです！」

「……そ、そうか」

視線をそらして照れるアレク様は、コホンと咳払いをした。

「キリア、フリーベイン領に残っている騎士達宛てに『大聖女様の居場所を探れ』と手紙を送ってくれ。自国だけではなく他国の書物や文献も調べるように。混乱を避けるために、エステルが見た夢の話は伏せてくれ」

「はい！」

「あとは……もう一人、大聖女様に選ばれた者も捜さないといけないな」

アレク様の言葉にキリアが答えた。

「黒文様があることを打ち明けた者に、賞金でも払いますか？」

「それだと、賞金欲しさに自身や他者に、偽物の黒文様を彫って申告する者が出てきてしまうだろう。とにかく一度、フィン殿下にご相談しよう」

私に向き直ったアレク様は「エステルは、今日はゆっくりしてくれ」と指示を出す。

「俺は図書館でカーニャ国の文献を調べる」

「私も行きます」

「いや、しかし……」

「大丈夫です。本当にすごく元気ですから！」

アレク様やキリアがこんなに頑張ってくれているのに、じっとなんてしていられない。

「わかった。キリア、今日は予定通り図書館へと向かう。護衛のために他の騎士達を招集しておいてくれ」

「はい！」

返事をしたキリアは礼儀正しく頭を下げると部屋から出ていった。

当初の予定通り図書館に向かった私達の馬車は、なぜか修道院の前で止まった。白壁の建物の入り口には重厚な扉があり、ステンドグラスがはめ込まれている。

「ここが図書館？」

私がつぶやくと扉が開いて中からフィン様が顔を出した。

「ようこそ、エステル。フリーベイン公爵も！」

明るい笑みを浮かべるフィン様。その美しい銀髪は朝日を浴びてキラキラと輝いている。

「さぁ中へどうぞ」

案内されて中に入るとやっぱりそこは修道院だった。

不思議そうな私に気がついたのか、フィン様はクスッと笑う。

「この建物は、元修道院なのですが、今は図書館として利用されているんですよ。こちらです」

案内された先では壁一面に本棚が整然と並んでいる。天井には絵画が描かれていて、図書館というよりは美術館とでも言いたくなるような美しさだった。

「ここには歴史関係の本が集められています。聖女様信仰に関する本は、また別の場所に」

「すごい本の数ですね」

「はい、カーニャ国の自慢です。これだけ本があれば僕は一生飽きずに暮らせます」

ごきげんなフィン様からは本への愛が伝わってくる。

「フィン様、実は聞いていただきたいお話がありまして……」

小首をかしげたフィン様は、私とアレク様に椅子にかけるようにすすめた。テーブルをはさみ、フィン様も席につく。その背後にいつもの護衛騎士が姿勢よく立った。

キリアを含めた護衛騎士達は、少し離れた場所からこちらをうかがっている。

私が先ほどアレク様に話した夢の話を伝えている間、フィン様は一言も口をはさまなかった。

すべてを聞き終えると「大聖女様が……」とだけつぶやく。

両手で顔をおおったフィン様は、深いため息をついた。

「本来ならカーニャの王族として、その話を疑わないといけません。ですが、僕はエステルのことを全面的に信じたいと思います」

フィン様は、その理由として大聖女様に守られているはずのゼルセラ神聖国が魔物に襲われていることを挙げた。

「それに、大聖女様はゼルセラ神聖国では守り神とされていますが、文献によれば元はただの村人だったとされています」

「村人？」

私の問いにフィン様はコクリとうなずく。

「はい。大昔、まだ大きな国がなく村が点在していたころ、魔物被害は甚大でした。それを哀れに思った神が、魔物と対抗すべく信心深い一組の若い夫婦に魔物を退ける力を授けたといわれています」

その夫婦の妻がのちの大聖女様で、夫は大聖女様と共に旅立ちのちに英雄になったらしい。その英雄が使っていたとされる剣は、今はアレク様が所有している。

「だから、もし今もどこかで大聖女様が浄化し続けてくださっているのであれば、必ず終わりもあると思うのです。それこそ、神から授けられた力が失われたら、大聖女様はただの村人に戻ってしまうのではないかと……」

ただの村人に戻ってしまった大聖女様は、身体を維持することができなくなり朽ちて消えてしまう。

あんなに寂しい神殿の中、たった一人で……。

私は、またあふれてきそうになる涙をぐっとこらえた。

「フィン様は、大聖女様がどこにいらっしゃるかわかりますか？」

困った顔でフィン様は、ゆるゆると首をふる。

「わかりません。大聖女様がいる場所は『大陸中の邪気が集まりあふれ出す場所』としか文献に書かれていないのです」

「私は大聖女様にお会いしたいのです。フィン様、協力していただけませんか？」

「もちろんですよ！　邪気が集まる場所はすなわち、魔物が頻繁に出る場所です。そこを調べたら、おおよその見当がつくかもしれません」

そのあとの私達は、図書館内でこれまでに魔物が多く出た場所を調べ始めた。

あっという間に時間がすぎて、図書館の開館時間になってしまう。今日は、これ以上貸し切りで使うことはできない。

フィン様の提案で明日も図書館に集まることが決まった。

次の日も早朝の図書館に集まり、必死に情報を集めた結果。フィン様は手元の資料に視線を落とした。

「フリーベイン領、ですね」

そう。調べた結果、大陸中で一番頻繁に魔物が現れるのは、アレク様が治めるフリーベイン領だった。

たしかに今までフリーベイン領以上に、魔物が頻繁に現れる土地なんて私も聞いたことがない。

アレク様の顔はどことなく青ざめて見えた。

「まさかフリーベイン領内に大聖女様が？」

アレク様の言葉にフィン様は首をふる。

「わかりません。これは、ただ魔物が多く出るというだけの情報なので」

資料を横に置いたフィン様は、パンッと手を鳴らした。深刻な顔をしていたアレク様も私もビクッと肩をふるわす。

「今日はここまでです。図書館ももう開きますからね。それに明日は王宮主催の舞踏会です。どうぞ楽しんでください。舞踏会が終わったあとにまた調べましょう」

立ちあがったフィン様を、アレク様が呼び止めた。

「殿下、もうひとつご相談があります」

「はい、なんでしょうか？」

「実は、肌に黒文様が浮かんでいる者を捜しています」

「黒文様ですか？」

アレク様は「失礼します」と断ってから上着を脱いだ。みごとに鍛えあげられた体の胸部分には黒文様が少しだけ残っている。

「これです。邪気の影響で現れるものですが、大聖女様に選ばれた者にしか浮き出ないそうなのです」

興味深そうに黒文様を見つめるフィン様。

「これって……」

「殿下、ご存じなのですか？」

「いえ、実際に見たわけではありません。ですが、昨日、兄上を訪ねてきた者があまりに怪しかったので捕えて身体検査をしたところ、体に黒いアザがあったそうです。兄上が『何かの病持ちかもしれない』と言っていたことを思いだしました」

私とアレク様は顔を見合わせる。

「殿下、その者に会わせていただけませんか？」

「兄上に聞いてみます」

「お願いします」

フィン様と別れた私達は馬車に乗り込んだ。私の向かいの席にはアレク様が難しい顔をして座っている。

「何か気になることがあるんですか？」

「ああ。エステルの話では、大聖女様はゼルセラ神聖国内から三人選んだと言っていた。それなのに、黒文様が浮かぶ者が都合よくカーニャ国にいるなんておかしくないだろうか？」

言われてみれば、フィン様は『怪しかったので捕えた』と言っていた。

「怖い人じゃなければいいんですが……」

「そうだな。だが、どんな者であれ、俺がエステルを守るから心配しなくていい」

「アレク様……」

そういう女性がときめいてしまうようなセリフを、真顔でサラリと言ってしまうアレク様ってなんだかすごいわ。

つい顔が赤くなってしまったので、私はあわてて話題を変えた。

「アレク様、明日はいよいよ舞踏会ですね」

「そうだな」

いろいろありすぎてすっかり忘れてしまっていたけど、この日のために私達はたくさんダンスレッスンをしてきた。だから、明日だけは舞踏会を心から楽しもうと思う。

「私、舞踏会で立派にアレク様の婚約者のふりをやりとげてみせます！」

「ああ、頼んだぞ」と言いながらアレク様は優しい笑みを浮かべた。

アレク様と共に図書館から戻った私は、なぜか数人のメイド達に囲まれた。

彼女達は、カーニャ国の王宮に仕えているメイドだと私に告げる。皆、顔を強張らせていたので、何事かと思っていると一番年上のメイドが代表して口を開いた。

「せ、せ、聖女様にお会いできて光栄です！」

手が小刻みにふるえているのは、怖がっているというより緊張しているみたい。

「わ、私達は、第六王子殿下より、聖女様の舞踏会の準備をお手伝いするようにと」

「フィン様が……それは助かります！」

フリーベイン領のメイド達は、アレク様の指示でカーニャ国には連れてきていない。移動が馬での長距離になることと、道中に魔物が出た場合、戦えないと足手まといになるという理由からだった。

だから、舞踏会前にカーニャ国でメイドを雇う手はずになっていたけど、身支度を手伝ってくれるのが、王宮メイドならこちらの国のしきたりに詳しいので心強い。

私は自分の両手をグッと握りしめた。

「よろしくお願いします！」

メイド達はポカーンとそろって口を開けている。

「私、今までずっと神殿にこもりきりで、おしゃれも流行も何もわからないんです。だから、あなた達の力で、私をアレク様の婚約者として恥ずかしくないようにしてくださいね！」

必死にお願いすると、メイド達は視線を交わし合いながら何度もうなずきあった。

「そういうことでしたらお任せください、聖女様！」

力強い返事をもらいながら、私と代表のメイドはガッチリと握手を交わした。

それからは、何をされているのかよくわからないけど、私はとにかくメイド達の指示に従った。

「聖女様、こちらでうつぶせになって寝転んでください！」

「はい！」

数人がかりで全身をもみほぐしてもらったあとに、「身体の歪(ゆが)みを整えます。少しだけ痛いかもしれません」と言いながら一人のメイドが私の腕を持つ。

何をするのかしらと思っていると、私の腕がひねり上げられゴキゴキッと鈍い音を立てた。

「いっ！」

「聖女様、痛いですか⁉」

あわてるメイドに私は首をふる。

本当はすごく痛かったけど、これで綺麗になれるのなら我慢するわ！

「いえ、続けてください！」

「はい！」

綺麗になるって大変なのね……。

私は体中をゴキゴキされながら、神殿内で見かけた美しく優雅な貴族令嬢達を思い浮かべた。

きっと彼女達も見えないところで努力しているんだわ。

そういえば、元婚約者のオグマート殿下が、新しい聖女が現れたって言っていたっけ。

たしか、侯爵令嬢のマリア様だと言われたような？

王都に魔物が出ているそうだけど、マリア様は大丈夫かしら……。

そんなことを考えているうちに歪み矯正(きょうせい)が終わり、次は顔にひんやりとした液体が塗られていく。

これを塗ったらどうなるのかしら？

少しもわからないけど、王宮メイド達は自分の仕事に誇りを持っているはず。だから、私は彼女達の仕事を信じて身を任せた。

その結果。

太陽が傾き、空が夕焼け色に染まるころ、メイド達はようやく作業の手を止めた。

「聖女様、ご覧ください！」

メイド達が私の前に全身鏡を運んでくる。鏡にうつる私の髪はサラサラ、肌はつるつるで、全身がいつもよりスッキリしているように見えた。

「す、すごいです！　別人みたい！」

「聖女様は元からお美しいですわ！」

これだけ磨いてもらったら美青年アレク様の隣に立っても後ろ指をさされないかもしれない。

私がホッと胸をなでおろしていると、メイド達はおそろしいことを口にする。

「今日の下準備はここまでにしておきましょう。明日の昼にまた参ります！」

「昼に!?」

舞踏会は夜に開かれるのに？

気合の入り方が違うわ。社交界に参加している貴族令嬢って本当に大変なのね。

でも、ここまでしてもらったら、さすがに私も自信がついた。

部屋のすみには、フリーベイン領の服飾師が丁寧に仕上げてくれた最高のドレスが飾ってある。

いろんな人の協力を得て、私は舞踏会の準備を進めていった。

その日の夜。

夕食が終わりホッと一息ついたころに、アレク様が訪ねてきた。

「エステル、少しいいだろうか？」

「はい、もちろんです」

室内に招き入れようとすると、アレク様は「少しだけ俺に付き合ってほしい」と私に右手を差し出す。不思議に思いながらもその手をとった私は、アレク様にエスコートされながら庭園まで歩いた。

夜の庭園では月明かりに照らされた噴水がキラキラと輝いている。

アレク様はその前で立ち止まり私に向き直った。

「エステル、これを」

そう言いながら小箱を私に手渡す。

「これは？」

「開けてみてくれ」

言われるままに箱を開けると、そこには美しい宝石が入っていた。

深紅の宝石は見たこともないようなきらめきを放っている。

こ、これは絶対に高いやつだわ。落としたら大変ね。

「ネックレス、ですか？」

それにしては短いような気がする。

「チョーカーというらしい。王都で流行っているそうだ」

「へぇ、とっても素敵ですね！」

アレク様と私の間に妙な沈黙が降りた。噴水から流れでる水音だけが聞こえてくる。

「その、気に入ってもらえただろうか？」

「え？」

「エステルのドレスに合わせて作らせたんだ」

「ということは、これは私のためのもの？」

「そうだ。俺からあなたへの贈り物だ」

私はたっぷり間を開けたあとに「ええー!?」と叫んでしまった。

「こんな高そうなものを私に!?　いいんですか？」

「エステルにもらってほしい。できれば、明日の舞踏会で身につけてほしいのだが」

「もちろんです！　必ず身につけますね。すごく嬉しいです！」

「良かった……」

胸をなでおろすアレク様。

「断られたらどうしようかと思っていた」

そうつぶやくアレク様を見て、私はとんでもないことを思ってしまった。

「アレク様って、もしかして――」

そこまで言葉にして私は口を閉じた。

今、私、何を言おうとしたの？　何を期待してしまったの？

アレク様が不思議そうな顔でこちらを見ている。言葉の続きを言えずに視線をそらすと、私の手にアレク様が優しくふれた。

「エステル。舞踏会が終わったら、あなたに伝えたいことがある」

私に向けられる瞳があまりに真剣で目をそらせない。

「予想外のことであなたは戸惑うかもしれない。あなたを困らせてしまうかもしれないが、どうか聞いてほしい」

私がなんとかコクリとうなずくと、アレク様は微笑んだ。その嬉しそうな笑みを見て、私の鼓動はどうしようもなく速くなる。

「戻ろうか、エステル」

何も言わずに手を取り合って並んで歩くこの時間が、ずっと続けばいいのに。

そう思った。


夜が明け太陽が真上にあるころ、約束通り昨日の王宮メイド達が私の部屋を訪れた。もちろん、舞踏会の準備の仕上げをするためだ。

メイドの一人は、私の髪をブラシでときながらずっと真剣な表情をしている。

「優雅に流す……？　豪華に盛る……？　いえ、ここは聖女様の美しさを引き立てるために、少しだけ編んで髪飾りを……」

ブツブツと言いながら髪を編むメイドは、しばらくすると「はい、できました！」と顔を上げた。

鏡には、舞踏会にふさわしい華やかな私が映っている。

「すてき……」

私のつぶやきを聞いたメイドは、嬉しそうにうなずいた。

「聖女様、とってもお美しいですわ」

「ありがとうございます。これなら私も貴族令嬢に見えますね！　あっいえ、元から貴族ですけど」

実家が貧乏男爵家だったので貴族らしい生活をしてこなかったけど……。

髪のセットが終わると今度はドレスの着用だった。メイドが二人がかりでドレスを広げている。このドレスは背中部分が開くようになっているので、そこをめいっぱい開けてから着用する。

「聖女様、ここに足を入れて立っていただけますか？」

「はい」

言われるままにまたいで中心に立つと、メイド達はドレスを上に上げた。スカートがふわりと広がる。

手伝ってもらいながら私はドレスのそでに腕を通した。

最近まで知らなかったけど、舞踏会用のドレスを着るのはすごく大変なのよね。一人でなんか着られないわ。

貴族令嬢にメイドが必要な理由がよくわかる。

着用したドレスは、私の身体にピッタリと合っていた。どこもたるんだり、余ったりしていない。本当に私のために作られたドレスだった。

肌ざわりもいいし、着ているだけでスタイルが良く見える。

全身鏡を見つめながら、私は自信に満ちたフリーベイン領の服飾師の瞳を思い出した。

約束通り、彼女は最高の仕事をしてくれたのね。

私の肩にある黒文様は、可愛らしい花飾りで隠した。

それまで部屋の隅で控えていた護衛騎士のキリアが、小箱を持って近づいてくる。

「エステル様、これを」

「ありがとう、キリア」

これは昨晩、アレク様がくれたアクセサリーだった。メイドの一人がキリアから、うやうやしく小箱を受け取る。

小箱から取り出されたチョーカーを私の首につけたメイドは、感嘆するようなため息をもらした。

「とてもお似合いですわ」

鏡に映る自分自身を見て、私も「本当に」とつぶやく。

アレク様は『ドレスに合わせて作らせた』と言っていたけど、元からこのドレスの一部だったのではないかと思いたくなるくらい調和がとれている。

全身鏡に映る姿を見て、私はメイド達とうなずきあった。

「素敵にしてくれて、ありがとうございます！」

メイド達は、一斉に頭を下げた。

「光栄です、聖女様！」

その後ろでは、キリアが「お美しいです、エステル様！」と手放しでほめてくれている。

いける。これなら美青年の隣に立ち、かつ、堂々と公爵様の婚約者を名乗れるわ！

キリアが「先ほどから扉前で閣下がお待ちです」と教えてくれた。

「今、行きます！」

足取り軽く部屋から出ると、そこには舞踏会用に着飾ったアレク様が立っていた。

「!?」

そのあまりの眩(まぶ)しさに、私はつい目をつぶってしまう。

そうだったわ、私が着飾るんだから、アレク様だって着飾るんだわ。

なんとか目を開けてアレク様を見ると、今まで見た騎士服とも平民服とも違う格好をしていた。

男性の服のことはよくわからないので、くわしく説明できないけど、なんというか、もはやこれは王子様服。そう、王子様のようなアレク様がそこにいた。

美形って何を着ても似合うのね。

感心していると、アレク様の首元に輝く宝石に気がついた。深紅のその宝石は、私の首元を飾るものと同じで……。

私の視線に気がついたのか、アレク様は「エステルと揃いなんだ」と教えてくれる。

「なんというか私達、とても婚約者っぽいですね」

「ぽいじゃなくて俺達は婚約者だ」

そういうアレク様は、いつものように優しい笑みを浮かべている。

「エステルはいつも美しいが、今日は一段と輝いているな」

サラリとこんなことを言えるなんてアレク様って本当にすごいわ。理想の王子様ってこういう人のことを言うのかもしれない。

そういえば、アレク様は公爵で王族の血を引いているんだった。

私、頑張って着飾ったけど、今のアレク様の隣に立って大丈夫かしら？

少しだけ不安になりながら、差し出されたアレク様の手を取り隣に並ぶ。ふと見上げたアレク様の耳は真っ赤に染まっていた。

アレク様も少しは緊張しているのかしら？

それを見た私は、なんだかホッとして嬉しくなってしまった。

馬車に揺られてたどり着いたカーニャ国の王宮はとても広く、その豪華さに目を奪われる。月明かりに照らされた王宮は、まるで夜空に浮かんでいるように見えてとても幻想的だった。

アレク様にエスコートされて会場入りすると、入り口に立っていた係の者が声を張り上げる。

「ゼルセラ神聖国よりフリーベイン公爵様、その婚約者エステル様のご入場です」

会場にいた貴族達の視線が一斉に集まった。

その場から逃げ出したい気持ちをグッとこらえて、私は必死に微笑みを顔に貼り付ける。

一度だけ自国で参加した舞踏会会場より、さらに華やかですべてが輝いて見えるわ。

チラリとアレク様を見ると、堂々としていて少しも気後れしていない。

さすがアレク様、頼もしいわ。私も堂々としておかないと。

背筋を伸ばしていると、会場にファンファーレが鳴り響いた。

先ほど私達を紹介してくれた係の者が「国王陛下、王妃陛下のご入場です」と声を張り上げた。

その場にいた貴族達は、一斉にうやうやしく首(こうべ)を垂れる。

「つづきまして、王太子殿下と王太子妃殿下、並びに第二王子殿下とその婚約者様。さらに――」

恐ろしいことに係の者の読み上げは、第六王子殿下のフィン様まで続いた。

その間、ずっと同じ姿勢で頭を下げているので、私は全身がプルプルしてしまった。王族が多いとこういう苦労もあるのね。

カーニャ国では側室制度があるから王家の血を引く方が多いんだわ。

その点、自国のゼルセラ神聖国には側室制度はない。国王陛下と王妃陛下の間に三人の王子がいるのみ。

カーニャ国の国王陛下のありがたい挨拶が終わると、楽団が演奏を始めて会場内は和やかな空気になった。

それぞれがパートナーと手を取り合って、会場の中心へと向かう。

あっダンスをするのね。

アレク様はニコリと微笑み、私に右手を差し出した。

「俺と踊っていただけますか？」

「はい！」

手を取り合いダンスの輪の中に入っていく。

何度も何度もくり返し練習したおかげで、身体がステップを覚えている。アレク様のリードはとてもうまく、私達の呼吸はぴったりと合っていた。

紫色の優しい瞳が私だけを見つめてくれている。

「楽しいな」

「はい、とっても楽しいです」

煌びやかな王宮で、王子様のように素敵な男性とダンスを踊る。それは乙女(おとめ)なら誰もが夢見る出来事。

　でも、アレク様とならどこでダンスをしたって楽しい。もし、二人とも泥だらけだったとしても、アレク様とだったらきっと楽しく微笑み合える。

　ダンスを踊り終えた私達は、ウェイターからグラスを受け取りのどを潤した。果実の甘みが口に広がっていく。

「なんだかよくわからないけど、おいしいですね」

「ああ、よくわからないがおいしいな。……少し甘すぎるが」

　小声でヒソヒソとそんな会話をする。

　私もそうだけど、アレク様も同じくらい貴族らしいことに興味がないみたい。だから、舞踏会で出される飲み物の名前なんて二人ともさっぱりわからない。

　無事にダンスが終わってホッとしたのも束の間、ワッと人が寄ってきて私とアレク様は取り囲まれてしまった。集まってきた人達から私を庇うように、アレク様が一歩前に出た。

　その結果。

「フリーベイン公爵様、お初にお目にかかります！　私は――」

「婚約者様は、ゼルセラ神聖国の聖女様だとか⁉　ぜひご挨拶を――」

「私はこの国で絹織物の生産をしておりまして、ぜひフリーベイン領と取引を――」

　次々に話しかけてこようとする人達に向かってアレク様は片手をあげる。すると、シンッと辺りが静まり返った。

「光栄だが、その話はまたの機会に」

アレク様は私の肩を抱き寄せると、さっさとその場をあとにした。

「いいんですか？」

「いいんだ。エステルも、私が血まみれ公爵と呼ばれていることを知っているだろう？」

「はい……」

事実無根のウワサだけど、たしかに王都ではそう言われていた。

「そのウワサを信じずに、私の元にやってきた者とはすでに取引している。だから、今さら取引先を増やそうとは思わない」

「なるほど」

アレク様に黒文様が浮かんでいても、それを恐れずに訪ねていった人達がいたのね。その人達との交流を大切にしているアレク様の気持ちはよくわかる。

人々の視線から逃げるように、私達はバルコニーへと出た。

ダンスで火照った体に、ひんやりとした夜風が心地いい。

「あっ」と声が聞こえたかと思うと、アレク様の手が私の肩から離れていった。

アレク様の頬は赤く染まっている。

もしかして、さっき飲んだのお酒だったのかしら？

「大丈夫ですか？　顔が赤くなっていますよ」

私はそっとアレク様の頬に手をのばした。

「もしかしてアレク様、お酒に弱い……とか？」

もしそうだったら意外だわ。お酒に弱いアレク様を想像すると、ちょっと可愛いかもしれない。

アレク様から返事はない。ただ、ぼぅと私を見つめている。

「えっと、アレク様？」

「あ、ああ。いや、酔っていない」

「でもお顔が」

「それは……あなたに見惚れていたから」

赤い顔のアレク様の隣で、今度は私の顔が赤くなる。

「あっエステル、ここにいたんですね！」

背後から声をかけられ振りかえると、バルコニーの入り口でフィン様とフィン様によく似た銀髪の青年がにこやかに微笑んでいる。

たしか、この方はさっき第四王子殿下と紹介されていた方だわ。

「ようこそ、エステル！　やっと見つけましたよ」

私に駆けよるフィン様を見て、背の高い銀髪青年が眉をひそめた。

「こらフィン。お前が聖女様に会えて嬉しいのはわかるが、それではフリーベイン公爵に失礼だぞ」

「あっ、公爵もようこそ！」

あわててアレク様にも挨拶をしたフィン様は、隣の青年を紹介してくれた。

「こちらは僕の兄でこの国の第四王子です」

「ギルだ」

アレク様が「カーニャ国の第四王子ギル殿下、第六王子フィン殿下にご挨拶を申し上げます」

と頭を下げたので、私も淑女の礼(カーテシー)をとる。

たくさん練習したおかげで、ふらつかずにできたわ。

ギル殿下は「弟が迷惑をかけていないだろうか？」とアレク様に尋ねた。

「フィン殿下には、とてもよくしていただいています」

その言葉にフィン様は「ね？　僕はきちんと役目を果たしていますよ」と胸を張る。

「本当かぁ？」

「もう兄様、信じてよ！」

ハハハと笑うギル殿下と、不満そうな顔をしているフィン様はとても仲が良さそうだった。

いつもはしっかりしている印象のフィン様なのに、ギル殿下の前では年相応に見えてなんだか可愛い。

フィン様の頭をポンポンとなでてからギル殿下はアレク様を振り返った。

「ところで、公爵は肌に黒いアザがある者を捜しているとか？」

「兄様、アザじゃなくて黒文様です」

「そうそう、その黒文様を持つ者だが、先日捕らえた不審者の体にあってな」

フィン様は「兄様は、カーニャ国の防衛を任されているんですよ」と得意げに教えてくれた。

アレク様が「その者に会わせていただけますか？」と尋ねるとギル殿下はうなずく。

「そういうと思ってな。今日、別室に連れてきている。私としても少し気になることがある」

「気になること、とは？」

ギル殿下は腕を組んで思案するような表情を浮かべた。

「その不審者が、自分はゼルセラ神聖国の第三王子だと言っていてな。第三王子と言えばオグマート殿だろう？」

私とアレク様は予想外の名前を聞いて、思わず顔を見合わせた。

ギル殿下の話では、数年前にゼルセラ神聖国を訪問したときに一度だけオグマート殿下に会ったことがあるそうだ。でも、顔までは覚えていないらしい。

「不審者のたわごとだと思うが、黒文様のこともある。念のため公爵にはその者に会ってほしい」

「わかりました」

フィン様が「エステルも一緒に来ますよね？」と笑顔で話しかけてくれる。私が何か言う前にアレク様が答えた。

「エステルは行きません。大切な婚約者を不審者に会わせたくないです」

「そっか、そうですね！　では、エステルには別室を用意しますね。一人でここに残ったら大変なことになると思いますので」

先ほどから遠巻きに見ている貴族達から痛いほど視線が刺さっている。それだけではなく「聖女様だ」「本物の聖女様よ」というささやきがずっと聞こえてきていた。

フィン様の言う通り、ここに一人で残ると大変なことになりそうだわ。

「お言葉に甘えます」

別室に案内してもらった私をアレク様はとても心配してくれた。

「エステル、一人で大丈夫か？」

「はい、フィン様が扉の前に二人も護衛をつけてくださったから大丈夫ですよ」

室内を見回すアレク様。

「カーテンが開いている。閉めておいたほうがいいのでは？」

その言葉にはギル殿下が答えた。

「ああ、そうだな。今日は舞踏会だから客が外から王宮を見たときに、王宮全体が明るく見えるようにわざとすべての部屋のカーテンを開けているんだ」

なるほど。だから、王宮が闇夜に浮かび上がるように見えたのね。

ギル殿下の指示で、護衛騎士がカーテンを閉めた。

「公爵、これで安心したか？」

「はい。……エステル、できるだけ早く戻る」

心配そうなアレク様に笑顔で手を振ると、私はその場に残った二人の護衛騎士に「よろしくお願いします」と声をかけた。

いつものように、護衛騎士のキリアが側にいてくれたら安心だったんだけど……。

王宮内には、武器の持ち込みや護衛騎士を伴うことを禁止されている。なので、キリアは王宮内に入れない。

私は広い部屋の中で一人、ソファーに座って時間を潰した。

室内の装飾品に見惚れていると、どこからかコツンと音がする。私がキョロキョロしている間にまたコツン。

窓のほうから？

カーテンを閉めているので外は見えない。

私はソファーから立ち上がると、念のため護衛騎士が控えている扉のほうにあとずさった。

ドアノブに手をかけた瞬間、ガシャンと窓が割れる音がする。

わけがわからず悲鳴を上げると部屋にあわてて護衛騎士達が入ってきた。

「聖女様、どうされましたか⁉」

「きゅ、急に窓が割れて！」

護衛騎士達はそろって腰の剣を抜いた。一人は窓に近づき、もう一人は私を背後に隠す。

「誰かいるのか⁉」

返事はない。護衛騎士はカーテンをつかむと勢いよく開けた。そこには誰もいない。でも、割れた窓の破片が室内側へ落ちている。

「外から割られています。まだ近くにいるかもしれません」

護衛騎士が窓を開け放ちバルコニーに出た瞬間、その護衛騎士に黒い影が飛びかかった。

「うわっ⁉」

あっという間に護衛騎士は、自分が持っていたはずの剣を不審者に奪われて、首元に突きつけられている。

私を背後に隠すように守ってくれていた護衛騎士が「聖女様、お逃げください！」と叫んだ。弾かれるように部屋から出ようとした私を冷たい声が呼び止める。

「エステル。逃げたらコイツを殺すぞ」

思わず足を止めた私に、剣を突きつけられた護衛騎士は「お逃げください！」と叫ぶ。

その様子をフンッと鼻で笑った不審者は、ためらいもなく護衛騎士を切りつけた。切りつけられた箇所を押さえながら護衛騎士は苦痛に顔を歪めている。

もう一人の護衛騎士が不審者に切りかかったが、剣で弾かれて逆に切り捨てられた。

その場にうずくまった護衛騎士を、フードを深くかぶった不審者が見下ろしている。

「仲間を助けようとでも思ったのか？　そんな腕前で？」

不審者は護衛騎士のマントで刃についた血をふき取ったあと、私に向き直った。

「一緒に来るんだ。お前が逃げたら、コイツらを殺す」

フードで顔は見えない。そういえば、アレク様と街に行ったときに、フードをかぶった人が私にふれようとしていたと言っていた。

もしかして、目の前の人物があのときの人なの？

不審者の足元でうずくまる護衛騎士達は、まだ息がある。早く手当てをしなければ。でも、どうやって？

私は聖女と言われているけど、邪気の浄化はできても治癒の力は持っていない。聖女はあくまで邪気や魔物に対抗できる存在だから。

「そうおびえるな。エステル」

私に近づいてきた不審者はフードを下ろした。

金髪に青い瞳、そして驚くほど整った顔立ち。肌は日に焼けて雰囲気は変わっているけど、私はこの顔に見覚えがあった。

――醜い姿だな。

嫌悪を隠さない瞳に、吐き捨てるような侮蔑の言葉が脳裏をよぎる。

「……オグマート、殿下？」

おそるおそるその名前を呼ぶと、オグマート殿下の口元がニヤリと上がる。

「ようやく会えたな、エステル」

オグマート殿下は、急にうっとりとした表情を浮かべた。

その顔は、過去に私に婚約破棄を突きつけて、新しい婚約者がマリア様だと教えてくれたときのことを思い出させる。

「ああっ、なんて美しいんだ……」

この人はこんな状況下で何を言っているの？

ゼルセラ神聖国の第三王子が王宮に忍び込み、カーニャ国の騎士を切りつけた時点で両国の友好関係は崩れ去った。

目の前の男は、もう王子ではなくただの罪人だ。もう殿下と呼びたくない。

オグマートの手が私の髪にふれそうになったので、あわてて避けた。その様子を見てオグマートはフッと笑う。

「恥ずかしがらなくていい。今のお前なら私にふさわしい」

「ふさわしい？　さっきから何を言って……？」

部屋の外が騒がしくなった。バタバタと複数の足音が近づいてくる。

それに気がついたオグマートが舌打ちをしながら、剣先を足元でうずくまる騎士達に向けた。

「エステル。ついてこないと……わかっているな？」

切りつけられた騎士達は、今ならまだ助かるかもしれない。私は覚悟を決めた。

「わかりました。ついていきます。だから、これ以上彼らを傷つけないという証拠に、その剣を捨ててください」

オグマートは「やはり聖女は、そうでなくてはな」と嬉しそうに剣をその場に投げ捨てた。

「さぁ行くぞ」

手首をつかまれ強引にバルコニーまで連れ出される。ふれられた箇所が気持ち悪くてゾワッと鳥肌が立った。

「落とさないから安心しろ」

私が何かを言う前に、オグマートは私を横向きに抱きかかえた。そして、バルコニーの柵に足をかけたかと思うと、そのまま飛び降りる。

わずかな浮遊感のあとに、身体が落下していく。驚きすぎて悲鳴すらあげられない。

オグマートは、左手で私を抱きかかえたまま、落下途中に右手で木の枝をつかみ、落下の勢いを殺しながら地面に着地した。

それでもかなりの衝撃があったのに、ふらつくことも立ち止まることもなく、私を抱きかかえたまま走り出す。

私はすぐ近くにあるオグマートの冷たい横顔を呆然と見つめていた。

大聖女様は『ゼルセラ神聖国内で能力が飛びぬけて高く、強靭な精神を持つ者を三人選びました』と言っていた。

たしかに、今のオグマートはすごい。大聖女様に選ばれるほどの能力を持っているのかもしれない。でも、ためらいもなく人を切りつけて殺そうとするような人でもある。

大聖女様は、どうしてそんな人を選んだの？

どれだけ祈っても大聖女様には、あれから会えていない。

お願いだから、もう一度会って話を聞かせてほしい。私が両手を合わせて大聖女様に祈っているとオグマートの手が私の髪をなでた。

「エステル、心配しなくていい」

どこか甘い響きを含むオグマートの言葉に吐き気を覚える。オグマートの腕の中で、少しずつ自分の意識が遠のいていくのがわかった。

＊

ピチャン
水滴が落ちる音で目が覚めた。
私はいつの間にか、冷たい石の床に倒れこんでいた。舞踏会用のドレスを着ていたはずなのに、なぜか寝るときのナイトドレスに着替えている。

ドーム型の天井の中心部からは淡い光が差し込んでいた。

あ、ここは大聖女様がいる薄暗い神殿……。

――エステル。

落ち着いた静かな声を聞いて、私はあわてて身を起こした。

側には、栗色の髪の女性がたたずんでいる。

「大聖女様！」

大聖女様の顔には、以前見たときと同じようにびっしりと黒文様が浮かんでいた。そして、以前とは違い、彼女の周りには邪気が漂っている。

「大変！　すぐに浄化します！」

私の言葉を聞いた大聖女様は、うつろな瞳で『もういいのです』とささやいた。

「でも！」

――私はもう、手遅れです。

「で、でも……」

大聖女様は困ったように小さく微笑む。

――エステル。私に聞きたいことがあってここに来たのでは？

私はその言葉にハッとなった。

「大聖女様が選んだ三人目を見つけました。でも、どうしてオグマートなんですか？　彼は……

とてもひどいことを平気でするような人ですよ？」

――それは、善悪関係なく能力のみで、私のあとを継げる者を選んだからです。

「大聖女様の、あとを継ぐ？」

頭が真っ白になり、すぐには言葉が出てこない。私はなんとか言葉を絞り出した。

「……それは、大聖女様の代わりに、この薄暗い神殿で祈り続けるということですか？」

大聖女様は、ゆっくりとうなずく。

――はい。その責務に耐えられる者を選びました。

「で、でも、私以外聖女ではないのに、どうやって……？」

――聖女でない者は、邪気が具現化した魔物を、ここで倒し続けることになります。

だとしたら、もしアレク様があとを継いだら、ここで気が遠くなるほどの年月、たった一人で魔物を退治し続けるの？　そんなこと絶対にさせたくない。

「大聖女様……もし、誰もあとを継がなかったらどうなるんですか？」

――邪気があふれ出し、大陸中に魔物が現れます。

やっぱり……。そうなってしまうと今の平和は失われてしまう。

両親や妹や弟。フリーベイン領で出会った大切な人達の顔が脳裏に浮かんでは消えていく。

最後にアレク様の優しい笑みを思い出して、私は痛いくらい胸がしめつけられた。

「アレク様がつらい目に遭うくらいなら、私が……」

私の唇に大聖女様の指がそっとふれた。指の先まで黒文様が現れている。

――エステル、この件は一人で決めてはなりません。選ばれた者達で決めてください。一人で決めないことに意味があるのです。

「どうして？」

――これは……私の、最後のわがままです。

大聖女様は、悲しそうに瞳をふせた。

――今のこの状況は、過去に私の身に起こったことをまねています。神の力を得た私達の誰かが犠牲になることで世界に平和が訪れる。大昔に、私達夫婦は今のエステルと同じ選択を迫られました。

邪気があふれだす、この場所を、誰がどうするのか？

――神の力を得たと同時に、世界に平和をもたらすという使命を与えられていた私達は、すぐに結論を出せませんでした。でも、長い沈黙のあとで夫が『俺がここに残る』と言ったので私は結界を張り、夫をこの場所から追い出しました。大切な人が苦しむくらいなら、自分だけが犠牲になればいいと思ったのです。

それは、ついさっき私も考えたことだった。

――結界の外で、夫は暴れて怒鳴り散らしたあとに、しくしくと泣きはじめました。そんな夫に私は『幸せになってね』と伝えました。長い間、結界の前に立ち尽くしていた夫は、ある日フラッとどこかへ消えてしまいました。私はあのときの選択を後悔していませんでした。でも……。

大聖女様の瞳から、また涙が一粒こぼれた。

——長い月日を一人きりですごしているうちに、私はあのときの選択が本当に正しかったのか、わからなくなってしまったのです。

その話を聞きながら、私はどうしようもなく泣きたくなった。

天井から降り注ぐ淡い光を大聖女様が見上げる。その姿は黒文様まみれでも神々しい。

——ここには大陸中の祈りと願いが届きます。小さな願いから、醜悪な欲望まで。私がここで邪気を浄化し続けても、人々はこんなにも苦しんでいます。いったい何が正解だったのでしょうか？　もうすぐ朽ちて消えゆく私は、最後にどうしても、私以外の人の選択を知りたくなったのです。

『エステル、あなた達を巻き込んでしまってごめんなさい』と大聖女様はささやく。

私は真相を聞いても、大聖女様を恨むことができなかった。神殿で大切な人達のために一人祈る姿は、過去の私そのものだったから。

大聖女様は私。フリーベイン領に行かず、アレク様に出会えなかった私。だから私はどうしても彼女を助けたい。

ボロボロと涙を流しながら、私は大聖女様に尋ねた。

「だ、大聖女様はどこにいるんですか？　この神殿はどこにあるんですか？　魔物がたくさん現れるフリーベイン領にいるんですか？」

ゆるゆると大聖女様は首をふる。

——フリーベイン領に魔物が頻繁に現れ続けるのは、夫の剣がそこにあるからです。

そういえば、アレク様が持っている剣は、英雄が使っていたものだと言っていた。

——あの剣には神の力が宿っていて、切ることで邪悪なものを浄化することができます。前にも話しましたが、ゼルセラ神聖国を恨み、国そのものの消滅を願っている者がいます。邪気を操るその邪悪な者が、自分を浄化できる剣を奪おうとしているのです。

「では、大聖女様はどこに？」

——私は……。私はゼルセラ神聖国の地下深く、閉ざされた神殿内にいます。

信じられない言葉に耳を疑っていると、大聖女様は言葉を続ける。

——ゼルセラ神聖国は、数年後に戻ってきた夫が、地下で祈り続ける私を見守るために興した国なのです。

大聖女様の言葉を聞いて、私は思い当たることがあった。

王都の神殿で私が聖女をしていたとき、毎日祈って邪気を浄化しても王都の邪気は増えていく一方だった。

「そう、そうだったのね……。王都は元から邪気が集まる場所だったんだわ」

今まで大聖女様が地下の神殿で浄化してくれていたから問題なく暮らせていたけど、大聖女様の力が衰えた今、少しずつ王都に邪気があふれ出てしまっているのかもしれない。

「では、ゼルセラ神聖国の王族は、英雄の子孫……？」

私のつぶやきに大聖女様は『いいえ』と答えた。

――夫は国を興し英雄と称えられましたが、王位は別の者に譲りました。でも、私はゼルセラ神聖国の民を、私達の子だと思い見守ってきましたよ。

大聖女様は私の頭をなでてくれた。黒文様まみれでもその手はとても温かい。

やっぱり大聖女様をこのままにしておけない。そして、アレク様だって不幸にしたくない。

大聖女様のお話を聞いてようやくわかった。誰かが犠牲にならないと保てない平和なんて間違っているわ。必ずもっといい解決方法があるはず。私だけでは思いつかなくても、他の人達の意見を聞いたら何か思いつくかもしれない。

「……わかりました。皆が幸せになれる方法を必ず見つけてみせます。そして、大聖女様に会いに行きますね！　だから、それまで待っていてください！」

私はとびっきりの笑みを浮かべた。

――エステル……。

ほんの少しだけ大聖女様は微笑んでくれたように見えた。

＊

目が覚めると私は簡素なベッドの上で横になっていた。薄汚れたカーテンの隙間から光が漏れている。

私が気を失っている間に夜が明け、朝になってしまったみたい。

この部屋は、王都で聖女をしていたときに神殿内で私に与えられていた部屋によく似ていた。

だから一瞬、今までのことはすべて夢だったのでは？　と思ったけど、私が身にまとっている鮮やかな赤いドレスがこれは夢ではないと教えてくれる。

「……ここは？」

部屋の中には誰もいない。家具もほとんどなくヒビ割れた鏡が壁にかかっていた。

部屋の扉が乱暴に開いた。そこにはオグマートが立っていて、私を見るなり目を鋭くする。

「エステル、どういうことだ!?」

オグマートはヒビ割れた鏡を壁から取ると、私の顔に突きつけた。

鏡に映る私の髪や唇に、黒文様が浮かんでいる。

これは……夢の中で大聖女様がふれた箇所に、また黒文様が浮かんでいるんだわ。自分自身を浄化するとすぐに消えるけど、オグマートはそのことを知らない。

「せっかく美しくなったのに！　もちろん消せるよな!?」

なんて答えるのが正解なの？　戸惑う私にオグマートは冷たく言い放つ。

「消せないのなら、お前の扱いを変えないとな」

残忍そうな声に背筋が凍る。このままじゃ何をされるかわからない。オグマートが私を攫った目的がわかるまでは、言うことを聞いておいたほうがいい。

「……消せます」

「やってみろ」

言われるままに大聖女様に祈りを捧げ自分自身を浄化する。

私をにらみつけていたオグマートの表情がほころんだ。

「すごいぞ、さすが本物の聖女！　偽物の聖女マリアとは大違いだ！」

「マリア様が偽物……？」

「ああ、そうだ！　あの女は聖女を名乗りながら、大した力を持っていなかった。しかも、地位と外見だけの心が醜い女だったんだ」

吐き捨てるようにそう言ったオグマートは、私の左手首をつかんだ。

「だが、エステルは違う！　強い聖女の力を持ち、なにより心が美しい！　それだけでも良かったのに……」

オグマートの表情がうっとりとする。

「こんなに美しくなるなんて完璧だ」

ほめられているのに、少しも嬉しくない。

「オグマート……殿下は、マリア様と婚約されているのでは？」

「誰があんな女と！　私の婚約者はエステルだけだ」

私は信じられない気持ちでオグマートを見つめた。

「殿下と私の婚約は破棄されています。殿下がはっきり婚約破棄だとおっしゃったではないですか！」

「あれは取り消す」

そういうオグマートは少しも悪びれた様子がない。

「私はアレク様……フリーベイン公爵様の婚約者です！」

「だが、また婚姻はしていない。公爵との婚約を白紙に戻して、私とまた婚約すればいい。そうすれば、すべてが元通りだ」

自分勝手な言い分に開いた口がふさがらない。

「エステル……」

そうささやきながら髪をなでられた。アレク様になでられたときとぜんぜん違う。怖いし気持ち悪くて仕方ない。

「そんなにおびえるな。王族の花嫁は清らかな身体でないといけないからな。式を挙げるまでは決して手出ししない」

「花嫁？　では、殿下は私を殿下の妻にするためにここまで連れてきたとでも言うんですか？」

「さっきからずっとそう言っているではないか」

ウソをついているような顔じゃない。全身から力が抜けて、私の口から深いため息が出た。

そんなことのために、カーニャ国の王宮に忍び込み、騎士達を切りつけたなんて信じられない。

でも、私に危害を加えるつもりはないと聞いて安心した。

ようするに、オグマートは私の聖女の力を手に入れるのが目的なのね。黒文様が消えているから、ついでに嫁にしてやるってところかしら？　だったら、殺されることもないわね。

「……殿下、いろいろ言いたいことはありますが、今はそれどころではありません。殿下の身体にも黒文様が現れていますね？」

「ああ、なぜ知っている？」

オグマートは、着ているシャツを脱いだ。その身体は日に焼けて鍛えられている。

あれ？　オグマートってこんな感じだったかしら？

前はもっとヒョロヒョロしていたし、肌も真っ白でお上品で偉そうな王子様という感じだったような？

混乱しながらも私はオグマートの腰あたりに広がる黒文様を確認した。

やっぱりオグマートが大聖女様に選ばれた三人目なのね。わかっていたけど納得できない。

「エステル、これも消せるのか？」

「あ、はい」

私は祈りを捧げてオグマートを浄化した。アレク様ほどひどくなかったので、黒文様はすぐに薄れて消えていく。でも、私やアレク様と同じように一か所だけ黒文様が残った。

「素晴らしい！　だが、まだすべて消えていないぞ」

「これは消せません」

「どうしてだ？」

「わかりません、私にも残っていますから」

私はドレスの飾りを外して黒文様を見せた。これを見せることで、やっぱり嫁にはしないで聖女の力だけほしいとか言わないかな。オグマートに愛をささやかれても少しも嬉しくない。

私の肩をじっと見つめたオグマートは、「まぁそれくらいなら」と黒文様を許容した。

「私にも残るのなら、それくらいは許してやろう」

いや、許してくれなくていいから!?

その言葉をグッと飲み込んだ私に、オグマートは「着替えろ」と女性ものの平民服と靴を投げつけた。そういえば、前に黒いベールも投げつけられたことがあったわね。

あのときは、そんな扱いをされても仕方がないと思っていた。でも、フリーベイン領で大切にしてもらった今の私は、この扱いがひどいものなのだとわかる。

こんな扱いをしてくる人の妻になるなんて絶対に嫌だった。でも、ドレスとヒールの高い靴のままではオグマートから逃げることもできないので、大人しく着替えることにした。

でも、ドレスってどうやって脱ぐの？

数人がかりで着せてもらったものを、一人で脱げるものなのかしら？

というか、オグマートはどうして部屋の外に出ないの？　私が着替えている間、そこにいるつもりなの？

さっさと着替えない私に腹が立ったのか、オグマートが近づいてきた。

「後ろを向け」

「な、何を⁉」

オグマートは手にナイフを持っていた。

「一人で脱げないのだろう？　手伝ってやる」

抵抗する間もなく私は壁に押し付けられ、ドレスの背中が切り裂かれていく。

「や、やめて！」

このドレスは、とても大切なものなのに。

フリーベイン領のメイド達が選んでくれて、服飾師が私のために丁寧に仕上げてくれた。とても、とても大切なドレスだった。

「ほら、脱げたぞ。さっさと着替えろ」

無残に切り裂かれたドレスを見て涙があふれる。

「ひどい……」

私の言葉を鼻で笑ったオグマートは、「そんなものより、もっといいドレスをこれからいくらでも贈ってやる」と少しも悪びれない。

大聖女様は、選んだ三人で世界の理を決めてほしいと言っていたけど、こんな人と話し合いなんてできる気がしない。

とにかく、ここから逃げてアレク様と合流しないと。

涙をふいた私は急いで着替えた。飾り気のないワンピースに歩きやすそうなブーツを履く。これなら走って逃げることだってできる。

「……着替えました。これからどうするんですか？」

オグマートはナイフをポケットにしまい、部屋の隅に置いていた荷物を抱えた。

「国に帰る」

「ゼルセラ神聖国に？」

「そうだ。それ以外どこがある？」

「でも……。王宮に忍び込んで私を攫ったのだから、今ごろ国中大騒ぎになっているのでは？」

クッとオグマートは笑った。

「カーニャ国の王族が、王宮主催の舞踏会で聖女が誘拐されたなんて失態を公言するわけないだろう？　まぁ今ごろ血眼になって捜しているだろうがな」

「私達を捜しているのなら、門は閉ざされているでしょう？」

「そうだろうな。だが、安心しろ。私なら正面突破できる！」

自信満々なオグマートを見て、私は思った。

この人……もしかして、状況を正しく判断したり、深く物事を考えたりすることが苦手なのでは？

ものすごく短絡的な思考なのに、今まで王族だからなんとかなっていたとしか思えない。そして、今はすべてを力業で解決しようとしている。

私の脳裏にこんな言葉がよぎった。

脳筋（のうきん）……。

ちなみに脳筋とは、「脳みそまで筋肉」という意味で、考えるよりも先に体を動かしてしまう人のことをいうらしい。

あまり良い言葉ではないけど、貧乏貴族の私達は領民とも親しくしていたので、こういう言葉を聞くことがあった。

オグマートを脳筋と仮定すると、今までのすべての行動が説明できてしまう。

急すぎる婚約破棄も、王宮への不法侵入も、騎士を切りつけたのも、勝手すぎる再婚約の提案も。

この人、自分が行動した結果、どうなるのか、相手がどう思うのかとか、何も考えていないんだわ……。深く考える前に、思いついた時点で実行してしまっている。

「行くぞ、エステル！」

はりきるオグマートに手を引かれながら、今までオグマートに感じていた底知れない恐怖が、私の中であきれへと変わっていくのを感じた。

*

Side: アレク・フリーベイン公爵

攫われたエステルを見つけられないまま夜が明けてしまった。

カーニャ国の第四王子ギル殿下も探してくれているが、これ以上の兵の動員は見込めない。

それもそのはず、王宮主催の舞踏会で他国の聖女が攫われたなど公にできるはずがない。

ひとつ間違えれば、カーニャ国とゼルセラ神聖国は戦争になりかねない。だが、その聖女を誘拐した犯人がゼルセラ神聖国の第三王子オグマートである可能性が高いことが事態をよりややこしくしている。

俺はカーニャ国の王族の許可を得て、ゼルセラ神聖国側に出る門を封鎖しながら昨晩のことを激しく後悔していた。

エステルと別れてオグマートと思われる人物に会いに行ったときのこと。

『罪人を貴賓が集まる舞踏会会場付近に置いておくわけにはいかない』ということで、だいぶ離れた場所まで歩かされた。

別室に残してきたエステルが心配だったが、罪人に会わせるほうがもっと心配だったので仕方ない。

そんな私を見てギル殿下は笑う。

「心配するな、公爵。聖女様の見張りは、腕が立つ者をつけている。安心してくれ」

「そうですか……」

フィン殿下も「大丈夫ですよ。カーニャ国にも優秀な騎士はたくさんいますから！」と励ましてくれた。

でも、それでも心配なのだから仕方ない。さっさと終わらせてエステルの元に戻ろう。そんなことを考えていると、ようやく目的の場所についた。

そこは牢獄ではなく、王宮内の普通の部屋だった。

ギル殿下が「おかしいな、部屋の前に配置した騎士がいない」と言ったので、俺は急いで部屋の扉を開けた。

部屋の中では、血を流した騎士が四人倒れていた。そのうちの一人に駆け寄り声をかける。

「大丈夫か⁉」

「……うっ」

まだ息はある。騎士は正面から切られていた。背後からの不意打ちではないので、ここに閉じ込められていた罪人は、一度に騎士を四人相手にして倒したということになる。

そうとうな手練れのようだ。

ギル殿下は、「バカな、武器は取り上げていたのにどうやって!?」と叫んでいるが、武器なんてなければ敵から奪うなり、代わりのものを武器にするなりと、どうにでもなる。

「罪人はどこに?」

俺の問いに傷ついた騎士は、窓のほうを指さす。部屋の窓は開け放たれて、カーテンがゆらゆらとゆれていた。

逃げたのか? いや、逃げるだけだったら、どうしてわざわざ王宮に忍び込んだ?

何が目的なんだと思ったと同時に、俺の脳裏にエステルの顔が浮かんだ。

もし、ここに捕えられていたのが、本当にオグマートだった場合、目的はエステルの可能性が高い。

なぜなら、自らエステルと婚約破棄をしてフリーベイン領に送ったのに、その後、手紙で何度もエステルに王都に戻るようにと指示が来ていた。

その手紙の内容があまりに自分勝手だったので、オグマートからの手紙はエステルには見せずにすべて燃やした。一度も返事などしていないのに、それでも手紙は届き続けたが、ある日、パタリと途絶えた。だから、ようやくエステルのことをあきらめたと思っていた。

嫌な予感がする。心配性でも過保護でもなんでもいい。とにかく今すぐエステルの無事を確認したい。

「エステルの元に戻ります！」

俺が勢いよく立ち上がると、ギル殿下は俺達の後ろを付いてきていた騎士に命令した。

「公爵を急ぎ聖女様の元に案内しろ！」

「はっ！」

騎士の案内でエステルの元へと走っていると、王宮内が騒がしくなってきた。近くにいたメイドを捕まえて話を聞く。

「何があった⁉」

「そ、それが……聖女様のお部屋から悲鳴が」

一瞬で血の気が引いた。エステル、どうか無事でいてくれ！

神に祈る気持ちでエステルがいるはずの部屋に飛び込むと、そこにエステルはいなかった。代わりに扉の前で護衛をしていた騎士達が倒れている。

窓が開いていた。バルコニーに出ると、黒い人影が城門のほうへ駆けていくのが見える。明かりの横を通るときに、たしかに真っ赤なドレスが見えた。

「エステル！」

俺はそのままバルコニーから飛び降りた。近くにあった木の枝を足場にして、もう一度飛び上がる。

地面に着地すると、人影を見失っていた。王宮庭園内は、あまりにも広く暗すぎる。

俺はフリーベイン領の騎士達が控えている馬車置き場まで走った。

いち早く俺の姿を見つけたキリアが「閣下？　エステル様は？」と駆け寄ってくる。

「エステルが攫われた！　犯人は我が国の第三王子オグマートの可能性が高い！　馬を持て！」

騎士の一人が馬を引いて俺に手綱を渡す。

「キリア、フィン殿下に街から出る門を封鎖する許可をもらえ！」

「はいっ！」

「俺は門へ向かう！　あとの者は俺に続け！」

「はっ！」

一斉にフリーベインの騎士達が馬にまたがる。

エステル、どうか無事でいてくれ。

祈りながら王宮の門を駆け抜けていく。

いつもは固く閉ざされている城門も、舞踏会が開かれている今日ばかりは開け放たれていた。

念のため門番も立っているが、飾りのようなもの。

「くそっ！　俺がエステルの側を離れたから……」

自責と後悔で押しつぶされそうになる。

そうしている間に、街の外に出る門までたどりついた。

驚く門番達に、ここ数時間で外に出た者はいないか聞くと「いない」という返事が返ってくる。

カーニャ国から外に出るには、必ずこの門を通らないといけない。だから、エステルはまだ国外に連れ出されていない。

最悪の事態は免れたようだ。

俺はフリーベイン領の騎士達に命じて情報を集めさせた。

「赤いドレスを着た女性を連れた不審者の情報を集めろ！　情報を提供した者にいくら払ってもかまわない！」

「はっ！」

瞬時に散っていく騎士達の背中を見送り、俺はようやく息を吐いた。


夜が明け空が白くなりだしても、エステルは見つからない。

ギル殿下が門までやってきた。

「聖女様は？」

「まだ見つかっていません」

「私兵を貸そう。好きに使ってくれ」

「では、殿下の名のもとに宿内を調べる許可をください。私兵にも、赤いドレスを着た女性を連れた客がいないか徹底的に捜すようにご指示を。宿にいなければ空き家や廃墟も」

「いいだろう」

ギル殿下が右手をふると、私兵達はそれぞれ街中に消えていく。

どれくらい時間がたったのだろうか。

キリアが俺の元に駆け込んできた。

「閣下！」

顔面蒼白(そうはく)のキリアが差し出したものは、深紅のドレスだった。それはエステルが着ていたもので……。

「宿の主(あるじ)が客が出ていったあとに、これが残っていたと！」

「客の特徴は？」

「フードを深くかぶっていて顔はわからないが若い男だったそうです。一人で泊まっていたのに、宿から出るときはとても綺麗な女性を連れていたと」

キリアから手渡されたドレスは無残にも刃物で切り裂かれていた。両手がふるえ、吐き気が込みあがる。全身が焼かれるような熱さと痛みを感じた。

「……オグマート、殺してやる」

「か、閣下……お顔が……」

キリアに言われて自分の顔にふれると、ふれた手に黒いモヤがまとわりつく。

「き、消えたはずの黒文様が、どうして閣下のお顔に？」

「そんなことはどうでもいい。今重要なことは、エステルが生きているということだ。キリア、よくやった！　エステルを必ず見つけ出すぞ！」

「は、はい！」

何がなんでも見つけ出す、そう意気込んだところで、フードをかぶった男がまっすぐ門に向かって歩いてきた。

門番が「とまれ！　この門は封鎖されている！」と叫んでも立ち止まらない。

門番が剣を抜いて男に突きつけると、男はようやく立ち止まった。かと思うと、あっという間に門番を組み伏して剣を奪う。

あれは市場（いちば）でエステルにふれようとしたフードの男だ。かなり腕が立つ。おそらくオグマートだ。

門番達では相手にならず足止めすらできない。

俺はキリアに耳打ちした。

「周囲にエステルがいないか捜せ」

「はい！」

駆けていくキリア。俺は腰の剣を抜き放った。

「止まれ」

「嫌だと言ったら？」

切りかかってきたフードの男の剣を弾く。

よろめいた男の首元を切りつけた。フードが切れて男の顔がさらされる。

金色の髪に青い瞳。オグマートの顔なんて知らないが、この男はとてもじゃないが平民には見えない。

「オグマートだな？」

「そういうお前は、フリーベイン公爵か？」

「エステルはどこだ」

オグマートはフッと鼻で笑う。

「ちょうど良かった。エステルはもうお前の婚約者ではない。私の妻になる女だ」

「エステルはどこだ」

「うるさい！　お前ごときに、この私が倒せるとでも……」

俺はもう一度オグマートの首元を切りつけた。

今度はフードではなく、浅く切れた首元から血がにじむ。

「は？」

「エステルはどこだ」

「ちょっと、待て」

今度はオグマートの手の甲を柄で激しく打った。

「痛っ⁉」

手に持っていた剣を取り落としたオグマートの顔は青ざめている。そんなオグマートに俺は剣を突きつけた。

「エステルはどこだと聞いている」

「あ、あれ？」

「早く答えろ。死にたいのか？」

「いや、私は強いのに？　魔物だって余裕で倒せるのに？」

確かにオグマートは強い。だが、それより俺のほうが強いだけのこと。

「な、なんなんだお前、強すぎだろ⁉　卑怯だ！」

わけのわからないことを叫び、いつまでたっても問いに答えないオグマート。

「そうか、わかった。死にたいんだな」

俺がオグマートの頭上に剣を掲げた瞬間。俺とオグマートの間に人が割り込んだ。

「ダメですよ、アレク様！　お気持ちはわかりますけど、こんなんでも、この人は大聖女様に選ばれていますから」

目の前に、何をしてでも、会いたかった人がいる。

「エス、テル？」

「あ、はい。あれ？　アレク様、お顔に黒文様が――」

俺は剣を投げ捨ててエステルを抱きしめた。

……良かった。

エステルが生きていて良かった。胸が詰まって言葉にならない。声の代わりに涙がにじんだ。

「……すまない、守ってやれなくて」

「アレク様……」

ハッと我に返った俺は、腕の中のエステルの顔を覗き込む。

「大丈夫か？　ケガは？」

「私は大丈夫です！」

エステルは「しばらく待ってろって言われて、縛られて閉じ込められていたんですけど、キリアが助けてくれました」とニコリと微笑む。

オグマートを見ると、俺の剣を拾ったが、その重さによろめいていたので、とりあえず殴って気を失わせておいた。

オグマートをギル殿下に任せるとまた逃げられる可能性があるので、フリーベイン領の騎士達に拘束させて連れていく。

「ギル殿下、ご協力感謝します」

「いや、こちらの失態でもある。この件は……」

「わかっています。我らこそ、我が国の者が申し訳ありませんでした」

お互いに視線を交わし、これ以上問題にしないことにする。

大事にしてしまうと、攫われたエステルまで何を言われるかわかったものではない。

俺はエステルさえ無事ならそれでいい。

「戻ろう」

馬にまたがると、エステルの腕をとって馬上に引き上げる。

疲れた表情のエステルは俺に身を預けてきた。

「エステル、本当に大丈夫なのか？」

「はい、私は大丈夫ですよ、だいじょうぶ……」

エステルの声がふるえた。

「ほ、本当は……怖かった、です。も、もうアレク様や皆に会えないのかと」

静かに涙を流すエステルを俺は強く抱きしめた。

＊

一度流した涙は、なかなか止まらず私はアレク様の腕の中で小さな子どものように泣き続けた。

滞在先の邸宅に戻ってきても、涙は止まらない。

そんな私をアレク様は、まるでお姫様を抱きかかえるように運んでくれた。

驚きかけよってくるカーニャ国のメイド達。

「エステルを休ませたい」

アレク様がそう伝えると、メイド達は先回りして扉を開けてくれる。

その様子を見て私はようやく冷静になった。そして、冷静になると同時に今の状況が恥ずかしくなってくる。

「あの、アレク様……」

下ろしてくださいという前に、私の寝室にたどり着いてベッドの上に下ろされた。ベッドの端に腰をかける私の前に、アレク様はひざまずく。

アレク様の右手が私の左手をそっとつかんだ。

「本当に、すまなかった」

後悔をにじませるアレク様。

「や、やめてください！　どうしてアレク様が謝るんですか？」

アレク様はまるで許しを請うように私の手の甲に額を当てる。

「……守れなかった」

その声はかすれていた。

「怖い思いをさせてすまない」

「謝らないでください。アレク様は私を助けてくれたじゃないですか」

私はアレク様の顔に再び現れた黒文様にそっとふれた。祈りを捧げたあとに浄化すると黒文様はキラキラと輝きながら消えていく。

頬にふれた私の手に、アレク様の手が重なった。

「俺は愛する人を守れなかった」

「愛する、人？」

顔を上げたアレク様は、まっすぐ私を見つめている。

「エステル、愛している」

アレク様が、私を愛している？

「え？」

「あなたは気がついていなかっただろうが、俺はあなたに初めて会ったときから、ずっとあなたのことを想っていた」

「ええっ⁉」

私は驚きと共に、胸がいっぱいになってしまった。

「俺はあなたを誰よりも幸せにしたい」

アレク様の言葉は夢のようで、素直に嬉しいと思ってしまう自分がいる。

「わ、私もアレク様の幸せを誰よりも願っています」

だから、私でいいの？　とも思う。こんなに素敵な人の側にいるのが私で……。

「俺の幸せはあなたの隣にいることだ。だから、俺の幸せを願うなら、どうかずっと側にいてほしい」

「ずっと……？」

それは舞踏会が終わって、婚約者のふりをする必要がなくなっても？

私はこれからも、ずっとアレク様の側にいていいってこと？

じわじわと喜びが押し寄せてくる。

ああ、そっか、私もアレク様のことが……。

今さらながらに顔が熱くなった。

「エステル、返事を聞かせてほしい。俺ではダメだろうか？」

アレク様の懇願に私は必死に首をふる。

「わ、私もっ、私もです！」

「私も？　私もなんだ？」

ど、どうして伝わらないの⁉

急にアレク様の理解力が下がっているのはなぜ⁉

すぐ近くにアレク様の整った顔がある。私に向けられた紫色の瞳は期待と不安が入り混じっていた。

「私も、アレク様のこと……あ、愛しています！」

とたんに抱きしめられて、視界いっぱいにアレク様が着ている衣装が広がり、アレク様の香りに包まれる。

やっぱりぜんぜん違う。オグマートにふれられたとき、本当に怖くて気持ち悪かった。そして、アレク様じゃないと嫌だと思った。

私はいつからアレク様のことが好きなのかしら？

はっきりと気がつくのは遅かったけど、もしかしたら、もうずっと前から……。

抱きしめる腕をゆるめたアレク様の手が私の頬にふれる。

「エステル……」

私の名をささやきながら、アレク様の顔が近づいてきた。

どうしたらいいかわからずギュッと目を閉じると、唇にやわらかいものが押しあてられる。

驚いて薄目で見たらアレク様にキスされていた。

わ、わー!?

あわててギュッと目をつぶると、唇が離れていく。

「エステル、ゆっくり休んでくれ。体調が良くなったらフリーベインに帰ろう」

「は、はい」

アレク様は私の頭を優しくなでた。その優しい手つきにホッとする。

「帰ったら結婚式の準備だな」

真剣な顔でそうつぶやくアレク様。

それを聞いた私は『あ、そっか、私達、結婚するのね』とまた驚いてしまった。

いろんなことがありすぎたせいか、そのあとの私は高熱を出してしまった。

朦朧とする意識の中で、アレク様がかいがいしくお世話してくれる様子を見ていた。

おでこを冷やしてくれたり、スープをあーんで食べさせてくれたり。寝るときは私が眠りにつくまでずっと手を握ってくれていた。

私の父も母のことを大切にしているけど、さすがにここまではしていなかったわ。アレク様には迷惑をかけて申し訳ないと思いつつ、その想いがくすぐったくて嬉しい。

もし、アレク様が体調を崩したときは、私も同じようにお世話しようと心に決めた。

アレク様のお世話のかいもあり、二日ほどベッドの上ですごしたら元気になった。

ホッと胸をなでおろしているアレク様に、私はどうしても伝えなければいけないことがある。

「アレク様、大聖女様のことでお話があります。実は……」

優しい表情を浮かべていたアレク様の顔が深刻なものに変わる。

私は大聖女様に選ばれた三人は、いなくなってしまう大聖女様の代わりができること、そして、大聖女様はフリーベイン領ではなく、ゼルセラ神聖国の地下深くにある神殿にいることを告げた。

「フリーベイン領に魔物が頻繁に出るのは、英雄の剣を奪いたい存在がいるせいだそうです」

それまで黙って私の話を聞いていたアレク様は、両手で私の手を包み込んだ。

「エステル。お願いだから、自分が犠牲になるなんて言わないでくれ」

怖いくらい真剣なアレク様に、私はうなずく。

「はい、もちろんです」

本当は『アレク様が苦しむくらいなら私が』と思ってしまったこともあった。でも、私がアレク様の側にいられて幸せを感じているように、アレク様が幸せになるには私が必要だと言ってくれた。

だからもう、私は大切な人を守るために、自分だけが犠牲になればいいなんて思わない。

大切な人達は、私のことも大切に思ってくれているのだから。

安堵のため息をつくアレク様に「アレク様こそ、絶対に自分を犠牲にしないでくださいね?」と釘をさしておく。

「ああ、もちろんだ。だが、だとしたらどうする?」

アレク様の問いに私はきっぱりと答えた。

「誰かを犠牲にしない方法を考えましょう。大聖女様は私達三人で決めてくださいと言っていましたけど、他の人に相談してはいけませんとは言っていませんでしたから」

アレク様の手厚い看病のおかげで熱が下がった私は、手始めに聖女の研究をしているフィン様に相談することにした。

訪ねてきたフィン様は、私とアレク様を見るなりボロボロと涙を流す。

「エステルが無事で良かったです……。すみません、王宮の警備が甘かったせいで……」

「フィン様のせいではありませんよ」

「でも……」

肩をおとすフィン様に、私は微笑みかけた。

「フィン様。でしたら、私に力を貸していただけませんか？」

顔をあげたフィン様は「もちろんです！　なんでも言ってください！」と頼もしい返事をくれる。

「実は……」

私は大聖女様から聞いた話をもう一度した。

大聖女様はもうすぐいなくなってしまうこと。

私とアレク様、そしてオグマートの三人は大聖女様のあとを継げる者達だということ。

話しの途中で、フィン様は大きく目を見開いた。

「ちょっと待ってください。オグマートというのは、エステルを誘拐した者のことですよね？」

「はい。今はフリーベイン領の騎士達により捕えられ逃げられないように拘束されています」

「どうしてそんな人物が大聖女様のあとを継げるのですか!?」

「それは、私も納得できないのですが、大聖女様は『善悪関係なく能力のみで、私のあとを継げる者を選んだ』と」

「能力のみで……」

「大聖女様はフリーベイン領ではなく、ゼルセラ神聖国の地下深くにある神殿にいます。そこで今も湧き出る邪気を浄化し続けているんです」

私の話を聞いているうちに、フィン様の顔から血の気が引いていった。

「そ、そんな……それって絶対に誰かが大聖女様のあとを継がないといけないんですか？　そんなことをしたら、その人は……」

私はゆっくりとうなずいた。

「これから何十年、何百年とたった一人で邪気を浄化し続けることになってしまいます」

自分で口にしながら、あまりの恐ろしさにゾクッと寒気がする。

うつむいたフィン様は、両手をぎゅっと握りしめた。

「だったら……だったら、オグマートが犠牲になるべきでは？　幸い我が国の騎士達に死者はでませんでしたが、聖女様を攫った彼はゼルセラ神聖国でも我が国でも大罪人です」

「それは賛成できません」

「どうしてですか？」

今までオグマートにされたことを思うと、私が彼をかばうのはおかしいのかもしれない。でも……。

「私、大聖女様と約束したんです。皆が幸せになれる方法を必ず見つけてみせます。そして、大聖女様に会いに行きますね、って。だから、誰かを犠牲にしなくていい方法を探したいんです」

フィン様は困ったように微笑んだ。

「エステル。やはりあなたは聖女様なのですね」

「え？　はい。いちおう……」

クスッと笑ったフィン様の涙はもう乾いていた。

「わかりました、探しましょう。そして、誰も犠牲にならなくていい方法を必ず見つけましょう」

「はい！」

それからの私達はアレク様を含めた三人でいろいろ話し合った。話し合いでは解決できず、次の日の朝、図書館に向かいたくさんの本や資料を漁った。

それでも結論は出ない。

疲れた顔で滞在先の邸宅に戻ってきた私達は、人払いをしてまた話し合いを始めた。

アレク様に「大聖女様がいなくなった世界には魔物があふれるのだな？」と尋ねられたので、私は「はい」と答える。

「それを阻止するには、誰かが大聖女様の代わりをしないといけない。それはできない……だとしたら、もう魔物があふれている世界を受け入れるしかないのでは？」

「で、でも、アレク様。そうなったら、人々はどうなるんですか？」

「エステルが来てくれるまでフリーベイン領には頻繁に魔物が出ていた。しかし、魔物を退治することで領民の安全は守られていたんだ」

フリーベイン領の人達は、決して不幸ではない。むしろ、皆フリーベイン領を誇りに思って暮らしている。

アレク様の言葉を受けて、フィン様は「たしかに」とつぶやいた。

「大聖女様がもたらしてくださった長き平和の間、人は数を増やして繁栄し続けてきました。大聖女様の時代より、国も文化も戦力も比べ物にならないほど発展しています。もし、今、魔物があふれだしても、大きな被害を出さずフリーベイン領のようにうまく対処できるかも」

フィン様は「でも……」とうなだれた。

「それは、公爵のように強い戦力を持っている者に限ります。我が国は頻繁に魔物退治ができるほどの戦力は持っていません。他国もそうでしょう。騎士達の中にも、喜んで危ない魔物退治をする者なんかいませんよ」

フィン様の言葉に私は何かが引っかかった。

私も本当は聖女なんかしたくなかったけど、私は聖女になることを選んだ。

それはなぜか？

「……あっ、お金」

私のつぶやきを聞いたアレク様が、すぐに察して「なるほど」と同意する。

「どういうことですか？」と不思議そうなフィン様。

「お金ですよ。お金！　魔物を退治した者に国から報酬を与えればいいんですよ！　それだけじゃなくて、名誉もあれば最高です！」

フィン様は理解できないようで首をかしげている。

お金がなければ生きていけない。お金を稼ぐためなら、なんだってする人達がいることを、王族として生まれたフィン様はわからないんだわ。

私だって、本当は家族と離れて聖女になんかなりたくなかった。でも、貧乏貴族の私が家族を養えるくらい多額のお金を稼ぐ方法は、娼館に入って身売りをするくらいしかない。それなら、聖女になるほうがはるかにマシだったから、私は迷わず聖女になった。

聖女ならお金と共に名誉もついてくる。

「ゼルセラ神聖国の聖女と同じですよ！　聖女になればお金ももらえて名誉も与えられる。それなら、大変な仕事でもやりたい人が必ずいるはず！」

フィン様がポンッと手を打った。

「それって大昔にあったけど、平和な今はなくなってしまった職業。えっと……たしか、冒険者？」

私とアレク様は初めて聞く言葉に顔を見合わせる。

フィン様が言うには、冒険者とは、大聖女様が現れる前の時代に、魔物があふれている土地を勇敢に旅していた者達のことを指すらしい。彼らは村と村を渡り歩き、物資を運搬したり、雇われて魔物退治をしたりすることもあったとのこと。

「魔物退治をする者達のことを冒険者と呼び、そういう職業を作ってしまえばいいのでは？」

フィン様の言葉にアレク様もうなずく。

「なるほど。殿下、それならば、国をまたいで冒険者を支援するのはどうでしょうか？」

「いいですね！　各国が支援する職業ならば、自然と名誉も付いてくる」

フィン様は「とまぁ、そんなことを言ったとしても、しょせんは机上の空論。そううまくはいかないと思いますが、魔物があふれだしたら各国も真剣に対策を考えるしかなくなりますものね。そのときにこの案はとても役立ちそうです」とため息をついた。

「ひとまず、私はこの件を内密に父様(とうさま)……カーニャ国の国王陛下に進言します。その際に、大聖女様の代わりができる者がいることは隠します。このことは決して他の者達に知られてはいけません」

「わかりました。俺達もゼルセラ神聖国に帰り、国王陛下に進言します」

「公爵、エステル。くれぐれも気をつけてくださいね。僕はあなた達の味方ですが……。誰か一人が犠牲になって今の平和が保たれるとわかったら、多くの人は一人の犠牲者を出すことを選ぶはずですから」

フィン様の言葉に、私達は静かにうなずいた。

それからの私達は、カーニャ国に別れを告げて、フリーベイン領に帰ることにした。

来た道を同じように馬車で戻っていく。

私とアレク様は同じ馬車に乗りこんでいた。その後ろをものものしい護送用の馬車が付いてくる。

窓がないその馬車は、内側にはカギがなく外からのみカギがかけられるようになっていた。この護送用の馬車はオグマートを連れていくために、カーニャ国から借りたらしい。中にいるオグマートは手枷（てかせ）をかけられ、馬車の周りは騎乗したフリーベイン領の騎士で囲まれていた。

さすがにここまでされたら、オグマートも逃げられないわよね？

私がホッと胸をなでおろしていると、隣に座っているアレク様の表情が暗いことに気がついた。

「アレク様？」

声をかけるとアレク様はハッと我に返ったようなしぐさをした。

「どうかされましたか？」

「あ、いや……」

視線をそらしたアレク様の顔をのぞき込む。

「私には言いづらいことですか？」

だとしたら無理に聞こうとは思わない。

「私に言えることなら、なんでも相談してくださいね！　だって……私達は、その、夫婦になるんですから」

自分で言っていて照れてしまったけど、私よりアレク様のほうが赤くなっている。

「そうだな」

優しく微笑んだアレク様は、側に置いていた剣にふれた。

「この剣のせいで、フリーベイン領が魔物に襲われ続けていたと知って複雑な思いでいた」

「アレク様のせいでは……」

「わかっている」

アレク様の顔にはあきらめを含んだような笑みが浮かんでいた。こういうときに、アレク様の心を軽くできる言葉がすぐに思いつかない自分が情けない。

「えっと、大聖女様がおっしゃるには、この剣は切ったものを浄化できるらしいですよ」

「そうなのか」

魔物が頻繁に現れるにもかかわらず、フリーベイン領の邪気が王都よりはるかに少なかったのは、この剣のおかげだったのね。

切って浄化する剣だから、アレク様は自分自身を浄化することができなかったんだわ。いろんな謎がすこしずつ解けていく。でも、まだわからないこともたくさんあった。

「大聖女様は、ゼルセラ神聖国の消滅を願う邪悪な者がいるって言っていたんですけど、邪悪な者ってなんなんでしょう？」

「さぁ……魔物の頭領みたいなものなのだろうか？」

「そのアレク様の剣なら、その魔物の頭領みたいなのも浄化できると大聖女様が」

アレク様は剣の柄を握りしめた。

「エステルやフリーベイン領を守るためなら、俺はなんだってする」

「危ないことはしないでくださいね」

「もちろんだ。エステルも」

「はい」

微笑み合ったあと、アレク様はいつものように私の頭をなでてくれた。アレク様になでられるとても嬉しくなってしまう。

だから私はアレク様にも喜んでもらいたくて同じことをした。アレク様の黒髪をヨシヨシとなでてみる。

「えらいえらい」

アレク様がこれでもかと目を見開いた。

あっこれじゃあ、また弟扱いしていると思われてしまったかも⁉

「ごめんなさ――」

あわてて引っ込めようとした私の腕は、アレク様につかまれてしまった。

「エステル」

手のひらに口づけされて、今度は私が目を見開く番だった。

ゆっくりと近づいてくるアレク様の瞳には熱がこもっている。ぎゅっと目をつぶると唇が重なった。心臓が壊れてしまいそうなほどドキドキしている。

唇が離れたので目を開けると、アレク様の顔がすぐ側にあった。二人同時に笑みを浮かべる。

私達は馬車内でまた並んで座ったけど、その手はしっかりと繋がれていた。


カーニャ国を出て数日後。私達はようやくフリーベイン領に戻ってきた。

私達の馬車を見かけた領民たちは、「おかえりなさーい」と嬉しそうに手をふってくれている。

馬車が公爵邸にたどりつくと、騎士達とメイド達に出迎えられた。皆満面の笑みで私達が無事に帰ってきたことを喜んでくれている。

長旅が終わり私はホッと安堵した。

良かったわ。無事に家に帰ってこられた。

……家？

私はいつの間にか、ここが私の帰る場所だと思っていたみたい。

馬車から降りても、私とアレク様はしっかりと手を繋いだままだったので、皆驚いている。

何か聞きたそうにしていたけど、今は遠慮してくれたみたい。私達がメイド達の前を通り過ぎたあと、ふと後ろを振り返ると護衛騎士のキリアがメイド達に取り囲まれて質問攻めにあっていた。

フリーベイン領に戻ってから三日後。

アレク様は私に「オグマートを見てほしい」と言ってきた。

「会ってほしい、ではなく？」

私が首をかしげるとアレク様は「会ってほしくはない」ときっぱり言い切る。

長旅の間、アレク様と騎士達は、私をオグマートに会わせないように徹底してくれていた。だから、カーニャ国を出てから、一度もオグマートに会っていない。

「国王陛下にはオグマートがカーニャ国でしたことをすべて報告している。その結果、オグマートを連れて王都まで来いとの指示を受けた。だから、王都に向かう前にオグマートに気がつかれないように見てほしいんだ。様子がおかしくてな」

「は、はい」

アレク様のあとに続いて、私はオグマートを捕えている牢屋(ろうや)へ向かった。

今まで牢屋を見たことがなかった私のイメージでは、牢屋は地下とかにあって不衛生で臭くて……なんてものを想像していたけど、フリーベイン領の牢屋は清潔だった。

簡素な部屋といった感じだけど、扉にはしっかりと鉄格子がついている。

アレク様のあとに続いて歩いていると、手で立ち止まるように制止された。

人差し指で『静かに』と合図したアレク様の指さすほうを見て、私は驚きの声をあげそうになってしまい、あわてて両手で自分の口を押さえた。

オグマートの両手は黒文様で埋め尽くされている。よく見ると顔にまで黒文様が浮かび上がっていた。

その姿は、まるで黒文様に埋め尽くされた大聖女様のようだった。

＊

Side: オグマート第三王子

今の私は小汚い牢屋に閉じ込められて、手首を拘束されている。ここでは硬いベッドに腰を下ろして思考をめぐらすくらいしかやることがない。

そもそも、王子に生まれた私がどうしてこんな目に遭っているのだ？

聖女を名乗る侯爵令嬢マリアに騙されてから、すべてが間違ったほうに流れていった。

その流れを元に戻すために、これまで思いつく限りのことをしてきた。

その解決方法はとても簡単で、エステルが私の元に戻ってくればいいだけの話なのにどうしてこんなことになっている？

途中まではうまくいっていたような気がする。

美しくなったエステルを手に入れた。エステルの聖女の力で私の身体に浮かんでいた醜いアザが消えた。あとは二人で国に帰るだけ。

それをフリーベイン公爵に阻止された。

悔しいがフリーベイン公爵は私より強い。それは認めるしかない。

だったらどうする？　ここですべてをあきらめるしかないのか？

そもそも、マリアが私を騙さなければ……。

フリーベイン公爵がいなければ……。

何もすることができない捕われの身で、憎悪だけが膨れ上がっていく。捕えられてからは、黒文様がわずかに残っている腰あたりが焼けるように熱いとずっと感じていた。

気づけば、黒文様が私の身体に広がってしまっている。

「くそっ！」

だが、大丈夫だ。黒文様はエステルなら綺麗に消せる。やはり、どうしてもエステルを取り戻さなければ。

いい案が浮かばない。そんな思考を繰り返していたら、牢屋の隅から黒いモヤが湧き出てきた。

そのモヤが徐々に固まり人の形を作っていく。

そこに現れたのは目をそむけたくなるほど醜い姿をした者だった。

「醜い姿だな……私の前から消え失せろ」

私の言葉に醜い者は口端を上げた。

——オグマート。

「高貴な私の名前をお前みたいなわけのわからん存在が呼ぶな、穢れが移る」

クスクスと忍び笑う声が牢屋内に響く。

——ここから出たいのでは？

無視していると、醜い者が私に近づいてきた。その醜悪さに気分が悪くなる。

——とても良いことを教えてあげましょう。この世界の平和はもうすぐ崩れ去ります。それを防ぐ方法があるのです。それは誰かが人柱（ひとばしら）になること。あなたならどうしますか？

醜い者が口にした言葉に私は笑ってしまった。

この者が言うには、その人柱になれるのは、私かエステルかフリーベイン公爵の三人だけらしい。

「だったら、悩まずとも答えなど決まっている」

再び口端を上げた醜い者は、祈るように両手を組み合わせた。

——では、聞きましょうか。選ばれた者達が、それぞれにたどり着いた結論を。

醜い者から膨れ上がった黒いモヤが私に覆いかぶさってくる。

とっさに逃げようとしたが逃げ切れず、気がつけば見知らぬ場所に飛ばされていた。

そこは薄暗く広い空間で、ドーム型の天井の中心部からは頼りない光が差し込んでいる。気がつけば私にはめられていた手枷はなくなっていた。

「なんだ、ここは？」

私の言葉に反応した者がいた。

「……この場所は」

聞き覚えのある声のほうを振りかえると、エステルが立っていた。その側にはフリーベイン公爵もいる。

私に気がついたフリーベイン公爵がエステルを守るように背後に隠した。

くそっ！　その女は私のものなのに！

「エステル、こっちに来い！」

「オグマート。もうエステルに執着するのはやめろ」

落ち着いた声に腹が立つ。

にらみ合う私達を楽しそうに眺めている者がいた。さきほどの醜い者が天井から降り注ぐ淡い光の下で、笑みを浮かべてたたずんでいる。

——そろいましたね。

醜い者の言葉にエステルが「……どうして」とつぶやいた。

——では、聞かせてください。あなた達がどんな結論にいたったのか。

私はその問いを鼻で笑った。

「そんなもの悩むまでもない！　フリーベイン公爵が人柱になればいいだけだ！　そうすれば、世界の平和は保たれて、エステルは私と一緒になれる。簡単な話ではないか！」

――フフフ。欲望にまみれた答えですね。醜いという言葉はあなたにこそふさわしい。

「醜いだと⁉　醜いのはお前のほうだ！」

私は私以上に、全身黒文様につつまれている醜すぎる女を指さした。女はクスクスと笑っている。

――さぁ次はエステルに聞きましょうか。

エステルは何も言わない。

――答えてくださいエステル。私以外の人の選択を、どうか私に教えてください。

ぼうぜんとしたエステルの声が辺りに響いた。

「どう、してなんですか……？　どうして、オグマートをここに？　どうして、わざともめ事をおこすようなことを？」

エステルは、戸惑いながら醜い女に話しかけている。

「答えてください、大聖女様！」

＊

私は目の前の光景をすぐには信じられなかった。

大聖女様は、楽しそうにくるくるとその場で回り出した。大聖女様の動きに合わせて邪気が辺りに広がっていく。

——どうして？　そんなの楽しいからに決まっています。エステル、邪気を操る邪悪な者がいると言いましたね？　あれは私のことです。

大聖女様はニコッと無邪気に微笑んだ。

——フフフ、あなたはずっと騙されていたのですよ。私は平和など望んでいない。ねぇ、エステル、今、どんな気持ちですか？

クスクスという笑い声が聞こえてくる。

隣から戸惑うアレク様の声が聞こえた。

「エステル、いったい何が起こっているんだ？」

「ここは、大聖女様がいるゼルセラ神聖国の地下神殿です。そして、オグマートや私達をここに連れてきたあの方が大聖女様です」

「あれが？」

アレク様の言うことはもっともで、邪気にまみれて楽しそうに笑っている姿は異様な光景だった。私の知っている慈悲深い大聖女様の姿はどこにもない。

たった一人きりで涙を流しながら、その身を犠牲にしてきた大聖女様。

私が必ず会いに行きますと言うと、少しだけ微笑んでくれた。

本当に今目の前にいるあれは大聖女様なの？

「あれは……誰でしょうか？」

私のつぶやきにアレク様が答える。

「大聖女様ではないのか？」

「見た目は大聖女様です。でも……」

中身はまったくの別人だと感じてしまう。

回るのをやめた大聖女様は、私に微笑みかけてきた。

——さぁ、エステル。あなたの答えを聞かせてください。

「その前に、ひとつだけ質問してもいいですか？」

——かまいませんよ。

「この神殿には人々の祈りや願いが集まってくるのですよね？　だから、大聖女様なら、私がいつも祈りと共に願っていたことを知っているはずです。それを教えてくださいませんか？　あなたが本物の大聖女様ならわかるはずです」

——聖女たるエステルの願い。それはもちろん、ゼルセラ神聖国の安寧（あんねい）でしょう。

私はその答えを聞いて確信した。この人は、やっぱり大聖女様なんかじゃない。

だって、私はお金のために聖女になったから。だから、王都で聖女をしていたころの私の願いはいつだってこれだった。

私の大好きな家族や領民たちがお金に困りませんように。毎日、笑顔で過ごせますように。

日々、秘かに願っていたことは、私と大聖女様しか知らない。

私はアレク様に向かって小さく首をふった。それでアレク様には伝わったみたい。

――エステル、どうしましたか？　あなたが答えないのなら、先にアレクに聞きましょう。誰かが犠牲にならないと平和が保たれないとき、あなたはどうしますか？

アレク様は淡々と答えた。

「誰も犠牲にならなくていい。俺は魔物があふれ出たあとの世界を受け入れる」

――フフ、強者の偽善ですね。結局は戦えない弱者を切り捨てている。まぁいいでしょう。

大聖女様が両手を広げると光輝く剣が現れた。

――さぁ、オグマート。この剣を取りなさい。これからアレクと戦って勝ったほうの意見を取り入れましょう。醜い者同士、血なまぐさい方法で決着をつけるのがお似合いです。

アレク様は腰に帯びている英雄の剣の柄に手をかけながら、私に耳打ちした。

「ひとまず、言うとおりにして俺が時間を稼ぐ。エステルは本物の大聖女様を捜してくれ」

その間に、オグマートは光輝く剣を手に取った。アレク様は剣を鞘から引き抜き、二人は間合いを取る。

その様子を眺める偽物の大聖女様は、とても楽しそう。

今のうちに私が本物の大聖女様を捜さないと。でも、どうやって？

私は静かに後ずさり大聖女様から距離を取っていく。神殿内には邪気である黒いモヤが漂い、遠くまで見渡すことができない。

どうしたら……。

そのとき、かすかに水音がした。

ピチャン
これは大聖女様の涙が水たまりに落ちたときに聞こえる音。

ということは、大聖女様がどこかで泣いている？

私は大聖女様が祈っていた祭壇のほうに駆けていった。祭壇に近づくにつれて床に水たまりができている。

ピチャン
たしかに聞こえる。こっちで合っているわ。

私が祭壇の前にたどり着くと、真っ黒なモヤの塊(かたまり)が祭壇に向かって祈るような姿勢をしていた。

「もしかして、大聖女様？」

私の声に応えるように黒いモヤがゆらりと揺れた。何かを話しているようだけど、声が小さすぎて聞こえない。

私は祭壇に祈りを捧げたあと、黒いモヤの塊を浄化した。どれほど浄化してもモヤが消えることはないけど、少しずつ声が大きくなっていく。

——エステル。

はっきりと声が聞こえたとき、私は浄化をやめた。

「大聖女様ですね？」

——はい。でも、もう聖女の力はほとんど残っていません。邪気にまみれすぎた私は、邪気に身体を乗っ取られてしまいました。

「では、あれはやっぱり偽物なんですね⁉」

また黒いモヤが揺れる。

——いいえ、あれも私の心の一部なのです。以前、すべてを恨みこの世界そのものの消滅を願っている者がいると伝えましたね？ それは私自身です。私はこの世界を愛しています。でも、同時に憎くも思ってしまう。長い年月の中で、その負の感情を少しずつ抑えることができなくなっていきました。

「大聖女様……」

——エステル、よく聞いてください。英雄の剣は切ることで邪悪な者を浄化します。だから、あそこにいる私を切ってください。

「そんなことをして大聖女様は大丈夫なのですか？」

──……どちらにしろ、私はもう長くない命です。私が最後の力を振り絞り、あれの動きをとめます。だから、そのうちに……。

私は黒いモヤの塊になってしまった大聖女様に抱き着いた。

「そんなことしなくていいです！　大聖女様は一人で頑張りすぎです！」

──しかし、すべては私の悪しき心が招いた結果……。

「負の感情は誰にでもあります！　私なんてお金目当てで聖女になったんですよ⁉　そんな私はダメですか？」

──……いえ。

「だったら大聖女様もダメじゃないです！　あなたはこれまで一人で頑張ってくれました！　だから、もう頑張らなくていいです！　これからは私達、皆で頑張りますから」

──エステル……。

「私の選択を聞いてください。大聖女様がもたらしてくれた長い平和のおかげで人は数が増えて強くなりました。だから、魔物があふれだす世界でも人は暮らしていけると思うんです」

私は大聖女様と向き合いまっすぐ見つめた。

「私達が必ず大聖女様のような犠牲が必要のない世界を作ってみせます。だから──」

「だから、もう今すぐ大聖女様なんてやめてしまいましょう！　あなたは朽ちて消えるまでなんて祈らなくていい！　もう長くないのなら、なおさら好き勝手しちゃいましょうよ！　今すぐここから出て、大聖女様と一緒に新しい世界を生きたいです！　これが私の選択です！」

私が抱きしめる黒いモヤから一粒の涙がこぼれた。

――そんなことをしてもいいのでしょうか？

「いいんです！　大聖女様は私と一緒に暮らすのは嫌ですか？」

――い、いいえ。でも……。

「だったら、一緒に行きましょう！　いいですよね？　いいと言ってください！」

――は、はい。

無理やりだけど同意を得られた私は嬉しくなって大声でアレク様に呼びかけた。

「アレク様！　大聖女様を見つけました！」

オグマートと競り合っていたアレク様は、その言葉を聞いたとたんに、オグマートの剣をはじいた。そして、すばやくオグマートに剣を突きつける。

「時間稼ぎは終わりだ」

顔を歪めるオグマート。

邪気まみれの大聖女は、『つまらない』とつぶやいた。

――でも、もう遅い。この身体はもう邪気に侵されています。

邪気が固まり鋭い刃物のように変化してアレク様に襲いかかってきたけど、アレク様は顔色ひとつかえずに切り裂いた。そのとたんに、サァと邪気が消えていく。

――その英雄の剣で、私を切ったらこの邪気にまみれた身体も消滅してしまいますよ？

「なるほど」

小さくうなずいたアレク様は邪気を切り、浄化しながら邪気まみれの大聖女に近づいていく。

――どうせ、何もできないのです。

フフッと笑う大聖女にアレク様はなんのためらいもなく剣を振り下ろした。

大聖女の周りを漂っていた邪気が浄化されたけど、その身体は切られていない。

混乱している大聖女を今度は横切りにする。

――な、何を？

大聖女が戸惑うのも無理はなかった。アレク様は過去にオグマートのフードだけを切ったように、大聖女にまとわりつく邪気だけを切り裂いている。

――ウ、ウソ。

大聖女がよろめいても、少しもためらわず剣を振り下ろす。その身体には傷ひとつついていない。

少しずつ大聖女を取り巻く邪気が薄れてきた。

私も祈りを捧げて邪気の浄化を始める。その間もアレク様は剣を振る手を一向にとめない。

――や、やめ……。

大聖女に浮かぶ黒文様がだんだんと薄れていった。

――や、やめろぉおおお!!

もがき苦しむ大聖女から黒いモヤが浮かび上がる。

気を失ったように倒れこんだ大聖女をアレク様が抱き留めた。その隙に黒いモヤは、オグマートに飛びかかる。

――力がほしいのだろう？　エステルがほしいのだろう？　私がすべてを与えよう。だから、その体をよこせぇええ!!

そんなっ！　オグマートが力を得たらいったい何が起こってしまうの!?

私の不安をよそに、オグマートは光輝く剣で黒いモヤを一刀両断した。

――なっ!?

切られた黒いモヤが驚いているけど、私も同じくらい驚いている。

オグマートは、吐き捨てるようにこんなことを言い出した。

「おまえにとりつかれたら、全身黒文様まみれになるではないか。いくら力があっても、あんなに醜い姿になるのはごめんだ」

いや、もうあなたは、だいぶ全身黒文様にまみれていますけど!?　牢屋にいて鏡を見ていないから顔にまで黒文様が現れていることに気がついていないのかもしれない。

オグマートの美への執着に開いた口がふさがらない。そういえば婚約破棄の理由も、私が醜くて侯爵令嬢のマリア様が美しいからだったような気がする。

私がつい感心してしまっている間にアレク様が黒いモヤを切りつけると、今度こそ黒いモヤは消滅した。

再び剣を構えたオグマートがアレク様に「決着をつけるぞ」と言ったので、私はオグマートに自分の顔を見るように伝えた。

「は？」

「いいから、ちょっと見てください」

オグマートは不審がりながらも光り輝く剣の刃に、鏡のように顔を映している。その顔には黒文様が浮かんでいるわけで。

「ぎゃああ!?」

情けない悲鳴が辺りに響く。

「エ、エ、エステル、浄化してくれ！　おまえなら消せるよな？　は、早く、私の顔を！」

「わかりました。あとから浄化します。だから、今はややこしいことをせずに大人しくしてください。私の言うことを聞かないと、あなたは一生そのままですよ」

ひぃと小さな悲鳴をあげたオグマートは剣をおろした。

「はぁ、もう……」

ふと気がつけば、私の側にいた黒いモヤになってしまっていた本物の大聖女様がいなくなっている。

「大聖女様⁉」

あわてて私は倒れている大聖女様に駆け寄った。

大聖女様の側にいたアレク様が「息はある」と教えてくれる。

「だ、大聖女様？」

ゆっくりと大聖女様の目が開いた。

その瞳は以前のようにうつろではなく光が宿っている。

「……エステル」

大聖女様の口が開いて声が聞こえた。

「大丈夫ですか⁉」

「……ルーシャです」

「え？」

「私の名前は大聖女ではなく、ルーシャ……」

「ルーシャ、様？」

「いいえ、私はただのルーシャです」

そう言った彼女は、大聖女様になる前の自分に戻りたかったのかもしれない。役目を終えた今、ようやくその願いが叶った。

私はルーシャの手を握りしめた。

「おかえり、ルーシャ！」

ルーシャの瞳から涙があふれる。

「……た、ただいま」

この瞬間、大聖女様はいなくなってしまった。でも、今までたった一人で世界の平和を祈り続けてくれた女性は、涙を流しながら幸せそうに笑ってくれた。


そのあとの私達は、元大聖女様のルーシャを連れて神殿の外に出ることにした。

聖女の力はまだ残っているものの、ここに私達をまとめて連れてきたようなことはもうできないらしい。

「じゃあ、私の聖女の力ももう使えませんか？」

ルーシャはゆるゆると首をふる。

「たしかに私は歴代聖女達に力を貸していましたが、聖女に選ばれる者達は元から能力がとても高いのです。だから、多少効力は落ちると思いますが、今もエステルは聖女の力を使えるはずです」

それまで静かだったオグマートが急に口をはさんだ。

「おい、エステル！　そんなことはどうでもいいから、早く私の身体を浄化しろ！」

あっ、存在をすっかり忘れていたわ。

アレク様にギロリとにらまれたオグマートは「うっ」とたじろいでいる。

「エステル、オグマートの件だが……」

私に耳打ちしたアレク様の提案はこんな感じだった。

まず、私がオグマートの手だけを浄化する。そして、残りも浄化してほしければ、この神殿に残って邪気が魔物化したものを倒し続けろと命令。

「もちろん、オグマートを一生ここに閉じ込める気はない。だが、今はルーシャ様を休められる場所に運ぶのが先決だ。そのあとで、俺達はまたここに戻ってきて、しばらくは俺達三人であふれ出る神殿内の邪気を浄化しよう」

そうして時間稼ぎをして、その間に冒険者が魔物を倒すという仕組みを作ってしまおうとのこと。

「な、なるほど。さすがアレク様！　すごいです！」

尊敬を込めた眼差しで見つめると、アレク様の頬が赤くなり視線がそらされる。

アレク様の提案どおり、私はオグマートの手だけを浄化した。

「顔も浄化してほしかったら、アレク様の言うことを聞いてください」

「はぁ!?」

今にも飛びかかってきそうなオグマート。

「一生そのままでいいんですか？　私は別にいいですけど……」

「うっ、くそっ！　何をすればいいんだ⁉」

ここから先はアレク様が話してくれた。

「おまえはここに残って、俺達が戻ってくるまで魔物を倒して続けるんだ」

「……は？　そんな言葉を信じろと？　戻ってくるはずがないだろうが！　私一人を犠牲にするつもりだな⁉」

私はオグマートをまっすぐ見つめた。

「私達はすぐに戻ってきますよ。必ず。約束します」

何か言いたそうにしていたオグマートは、結局何も言わずに舌打ちをする。

「やればいいんだろうが⁉」

アレク様がオグマートの肩をつかんだ。

「もうひとつ条件がある。次にエステルに乱暴な言動をしたら……わかっているな？」

アレク様の指がオグマートの肩にめりこんでいく。

「いっ⁉　いただだだっ！　わかった！　わかったから！」

パッと手を離されたオグマートはよろめいた。

無理やり言うことを聞かせるのは、たとえ相手がオグマートでも、悪いことをしているような気がしてしまう。

そんな私の頭をアレク様はなでてくれた。

「エステル。バカと刃物は使いようだ」

それは、愚かな者でも使い方によっては役に立つこともあるという意味だけど、アレク様は少し違う意味で言ったようだった。

「どちらも、誰かがうまく使わないと、大変なことになる」

「な、なるほど！」

たしかにアレク様がオグマートをうまく使ってくれるなら、これ以上の被害者は出なさそう。

「アレク様って本当にすごいですね！」

アレク様からは照れ隠しなのか咳払いが聞こえてくる。

私達は、今から地下神殿を出て地上まで上がらないといけない。

でも、ルーシャは、ケガはしていないけど、とても衰弱していて自分の足で歩けそうにない。

アレク様が「ルーシャ様は俺が抱きかかえようと思うのだが……いいだろうか？」と、なぜか私に確認を取る。

「いいですか？」

私がルーシャに確認を取ると、彼女はコクリとうなずいてくれた。

「アレク様、よろしくお願いいたします！」

アレク様に横抱きにかかえられたルーシャは「神殿の出口は、あっちです」と教えてくれる。

教えられたほうへ向かうと扉が開け放たれていた。その先には長い階段が続いている。

私はなんとなく、ルーシャはこの神殿に閉じ込められていると思っていた。でも、ルーシャは自分の意志でここにいたのね。

その精神力の強さ、そして、自己犠牲精神は、彼女を大聖女様と崇めるにふさわしい。でも、それももう終わり。

薄暗い階段を上りながら私はアレク様の腕の中で、うとうとしているルーシャを見て微笑んだ。

それからどれくらいの時間が経ったのか。私達がようやく階段を上りきると、扉は閉ざされていた。押しても引いても開かない。

アレク様がルーシャを階段に下ろした。私がルーシャを支えていると、アレク様は閉ざされた扉を英雄の剣で切りつける。

真っ二つになった扉が向こう側に倒れていく。

ドーンと大きな音と共に、薄暗かった階段に光が差し込んだ。外の光を浴びたルーシャが気持ちよさそうに目を閉じる。

私がルーシャの肩を支えながら扉から出ると、そこは王城内にある礼拝堂だった。どうやら祭壇の付近に出たらしく、お年を召した大神官様が、口をあんぐり開けてこちらを見ていた。

礼拝堂には大神官様以外の神官達もたくさん集まっている。

「お前は、エ、エステル、なのか!?」

そう叫んだ大神官様は、目を吊り上げて顔を真っ赤にした。

「今までどこに行っていたんだ!?　お前のせいで神殿がどれほど大変だったか！　聖女の役目を忘れたか！」

すばやくアレク様が私と大神官様の間に入ってくれた。

「おまえこそ、神官の分際で聖女エステルにその態度は何事だ」

怒りを無理やり抑えつけたような冷たい声に、大神官様はひるんだ。

「な、何者だ？」

「俺はフリーベイン領を治める者だ。聖女への態度に異議申し立てる」

「あ、あなたがウワサのフリーベイン公爵様でしたか」

とたんに大神官様の態度がやわらかくなる。

「王都から遠く離れた公爵様はご存じないと思いますが、今、王都は魔物に襲われて大変なのです！　私達は陛下のご命令でここに集められて昼夜問わず祈り続けることを強要されています！　それもこれも、勝手に毎日の祈りをやめたエステルのせいで……」

大神官様を見下ろす、アレク様の目がこわい。

「なるほど。そんなに大切な役目を持つ聖女を怒鳴りつけるとは良い度胸だな？」

「あっいえ、そういう話ではなく！」

そんな会話を聞いていたルーシャは、私から離れると大神官様に近づいていった。

「なっ、なんだ、おまえは？」

ルーシャは、小声で大神官様に何かささやいている。その言葉を聞いた大神官様の顔がどんどん青ざめていった。

それを見た他の神官達が、あわてて駆け寄ってくる。

「無礼者！　大神官様から離れなさい！」

そう叫んだ神官にもルーシャは何かささやく。とたんに青ざめてうつむく神官。

他の神官達にも何かささやいたあと、その場には沈黙が訪れた。

神官達に背をむけて私の側に戻ってきたルーシャに「何を言ったの？」と聞いてみる。

「それぞれが祈りと共に、私に届けた願いという名の欲望を口にしただけですよ」

「え!?」

そっか、大聖女様の元には祈りと共に人々の願いも届いていたから、ルーシャは祈る人の願いをすべて知っていることになる。

ルーシャが口にした願いは、あまりいいものではなかったようで、神官達はルーシャにおびえるような視線を送りながら、すっかり大人しくなっていた。

騒ぎを聞きつけたようで、王宮騎士達が駆けてくる。

「何事だ!?」

剣を鞘に納めたアレク様は「陛下にフリーベインが聖女様をお連れしたと報告しろ。そして、この城で一番良い客室に彼女達を案内するんだ」と命令した。

「それと、あとで消化のいい食べ物を部屋に運んでくれ」

王宮騎士達は「は、はい！」と返事をし一斉に礼儀正しく頭を下げた。

アレク様のおかげで私達は、すぐに綺麗な部屋に案内してもらえた。

私はフラフラしているルーシャを天蓋(てんがい)付きの大きなベッドに寝かせる。

「ありがとう」とささやいたルーシャはすぐに目を閉じ眠ってしまう。規則正しい寝息が聞こえてきた。その幸せそうな寝顔を見たとたんに、私の中で緊張の糸がプツンと切れる音がする。

ベッドの側から離れるために立ち上がろうとしたら足元がふらついた。そんな私をアレク様が支えてくれる。

「エステル！」

「す、すみません。気が抜けてしまって……」

アレク様は私を抱きかかえると眠るルーシャの横にそっとおろした。

「エステルも休むといい」

「でも、これから、やることがたくさん……」

優しい手つきで頭をなでられる。

「エステルは、よく頑張った。あとは俺に任せてくれ。ゆっくり休むのも大切なことだ」

私を寝かしつけようとしているのか、トントンとやさしく肩をたたかれる。嬉しいのにくすぐったくて恥ずかしい。

「こ、子ども扱いはやめてください」

小声で苦情を言うと、アレク様は不思議そうに私を見つめた。

「俺は今まで一度だってエステルを子ども扱いしたことはない。俺はあなたに会った瞬間から、女性としてのあなたに、どうしようもなく惹かれていたから」

真剣な表情でそんなことを言ってくる。

どういう顔をしたらいいのかわからなくなって、私はブランケットを頭からかぶった。顔が熱くてしかたない。

アレク様の穏やかな声が降ってくる。

「おやすみエステル。愛している」

ブランケットから少しだけ顔を出す私をアレク様は優しい目で見つめていた。

「わ、私も、です」

クスッと笑ったアレク様は私の額に唇を落とす。

「!?」

「良い夢を」

私の顔がさらに熱くなったのは言うまでもない。

私とルーシャがぐっすりと眠っている間に、アレク様はいろんなことを終わらせてくれた。

国王陛下への謁見。現状の説明。これからあふれでる魔物への対策として冒険者を支援することなど。

初めは国王陛下もアレク様の言葉を信じていなかった。でも、失踪したオグマートが地下神殿にいることを聞いて、実際に使いの者に確認させた。すると、オグマートもほぼ同じことを話したようで、アレク様の言葉を信じたほうが良さそうだと判断したようだ。

アレク様は、フリーベイン領にも使いの者を走らせて、現状報告をさせたとのこと。

その話を起きてから聞いた私は、アレク様のあまりの有能っぷりに感動してしまった。

「さすがアレク様、すごいです」

「エステルは、ゆっくり休めたか？」

「はい、おかげさまで」

優しい笑みを浮かべたアレク様は、大きな手で私の髪をなでた。

「実は、エステルに会いたいという人がいるのだが、この部屋に通してもいいだろうか？」

この部屋にはルーシャもいる。

「危ない人でないなら……」

「その点は大丈夫だ」

アレク様が大丈夫だというなら大丈夫ね。しばらくすると、輝くような金色の髪を持つ美しい女性が部屋に入ってきた。

アレク様が「侯爵家のマリア嬢だ」と教えてくれる。

「マリア様ってたしか……」

オグマートが言っていた新しい聖女よね？

マリア様は、私を見るなり涙を浮かべた。

「聖女エステル様、どうか私を罰してください」

そう言いながら、床に両膝をつく。

「ええっ!?　あの、と、とりあえず立ちましょう？」

私が手を差し出すと、マリア様はその手を両手で包み込み祈るように目をつぶった。

「私が微力ながらお役に立ちたいと思い聖女に志願したばかりに、偉大な聖女であられるエステル様が王都から追い出されるはめに……。私のせいで、あなた様はこれまでどれほどのご苦労を……」

マリア様の瞳からポロポロと涙が流れていく。

私はマリア様の手を引き立ち上がってもらった。そして、彼女に微笑みかける。

「私は新しい聖女が現れたと聞いたとき、とても嬉しかったんです。こうなったのは決してマリア様のせいではありません。それに……」

私はアレク様と視線を交わした。

「王都から追い出された結果、私はとても幸せになりました。だから、マリア様が自分を責める必要はありません」

「でも、それでは私の気が収まりません」

「うーん、でしたら……」

私はマリア様の手を両手で包み込んだ。

「今度はマリア様が幸せになってください。そして、その幸せを気が向いたら少しだけ周りにも分けてあげてください。それでどうでしょうか？」

「エステル様……」

マリア様の瞳からまた涙があふれ出す。

「あなたこそ、まさしく聖女様です」

必ず幸せになることを約束してマリア様は去っていった。


それから数日が経った。今は私とアレク様、オグマートの三人が交代制で地下神殿の邪気や魔物を浄化している。

それでも、浄化しきれずこれから徐々に魔物の出現率は高くなっていくはず。

魔物対策を取るため、これからはゼルセラ神聖国とカーニャ国が中心になって冒険者制度を作り上げていくとのこと。

そのころには、フリーベイン領の騎士達も王都に着き、私は護衛騎士のキリアと再会できた。

「エステル様！」

私とアレク様が急に消えてしまった日から、必死に私達を捜してくれていたらしい。

「心配かけてごめんね」

「いえ、ご無事でなによりです！」

フリーベインの騎士達が合流したおかげで、アレク様の仕事はそれまで以上にはかどった。

各地にある神殿に、冒険者を支援する施設も兼ねさせることで、あっという間に冒険者制度を作り上げてしまった。

その際に、神殿内にそれぞれの王家からの優秀な人材を入れることで、それまで暴けなかった神官達の不正を暴くことに成功。不正を行っていた者は罰せられ、勤勉に働いていた者を昇級させるようにした。

マリア様の実家である侯爵家が貴族達をまとめ上げ、全面的に協力してくれたことで大きな反発が起こることを防げたとアレク様は言っていた。

元大聖女様のルーシャはというと、よく寝てよく食べて、どんどん健康になっていった。私が地下神殿の浄化をする日でないときは、二人でお茶会をしたり、おいしいものを一緒に食べたりもした。

いろんな罪を犯していたオグマートは、地下神殿の魔物退治を引き続き三日に一回することで減刑された。それでも、王家の監視は厳しく今までどおり自由に過ごすことはできないらしい。

そうしているうちに、あっという間に一年が過ぎた。

世界中に魔物があふれだしても、あまり混乱はしなかった。

今では、冒険者は憧れの職業になっている。

私はこの一年間を思い出しながら、馬車内から懐かしい景色を眺めていた。

「ようやくフリーベイン領に帰ってこられましたね」

隣に座るアレク様は「ああ」と言いながら私の手を握る。

「エステル。改めて言うが、俺と結婚してほしい」

「はい、もちろんです」

今まで忙しすぎてそれどころではなかったけど、これから私達はようやく夫婦になれる。

「帰ったら結婚式だな」

「そうですね」

私が寄り添うようにアレク様にもたれかかると、アレク様も私の肩を抱き寄せてくれる。

「式には、エステルの家族にも参列してもらおう」

「はい！　皆喜んでくれます。きっとルーシャも……」

『どうしても馬に乗ってみたい』と言ったルーシャは、キリアとのんびり相乗りを楽しんでいる。

ルーシャがどれくらい生きられるのかわからない。もしかしたら、おばあちゃんになるまで生きていてくれるかもしれないし、明日亡くなってしまうかもしれない。

だからこそ、思いっきり人生を楽しんでほしい。

私も、今が楽しくて仕方ない。これから、どんなに大変なことが起こっても、アレク様と一緒ならなんでも解決してしまえる自信がある。

私はこっそりと祈りを捧げた。

どうか、皆が自分自身を大切にできますように。

誰かのためではなく、自分自身のために生きて、その結果誰かの幸せにつながりますように。

私がこんな風に考えられるようになったのは、アレク様のおかげだった。

アレク様の肩をトントンと叩くと、アレク様が「どうした？」と私の顔をのぞき込む。

「愛しています。アレク様」

驚くアレク様に顔を近づけ私から唇を重ねる。唇を離すとアレク様は今まで見たこともないくらい赤くなっていた。

そこまで赤くなられると私まで恥ずかしくなってくるわ。

長い沈黙のあとで「……たまには、こういうのもいいな」とアレク様がつぶやいたので、私は恥ずかしさも吹き飛んで笑ってしまった。

「そうですね。たまには、ね」

「ああ」

私達は心の底から幸せを感じながら微笑み合った。

＊

フリーベイン領に帰ってきてから三か月後。

その日の私は、純白のウエディングドレスに身を包んでいた。その姿を見た瞬間に両親は涙を浮かべる。母は私を子どものころのように抱きしめてくれた。

「エステル、とっても綺麗よ。今まで苦労をかけて本当にごめんなさいね。ありがとう」

「お母様」

「幸せになるんだぞ、エステル」

「お父様」

最後に会ったときより少し年を重ねた両親に、私は微笑みかけた。

「愛する家族がいてくれたから、私はずっと幸せでした。だから、謝らないで。これからはアレク様と共にこのフリーベインの地で幸せに暮らします」

「エステル……」

涙を流す両親の後ろで弟と妹も顔をくしゃくしゃにして泣いている。

「姉さん、おめでとう。今まで本当にありがとう」

「とっても綺麗よ、お姉様」

「ありがとう。二人とも大きくなったね」

部屋の隅に控えていたメイドが「エステル様、そろそろ……」と遠慮がちに声をかける。

「今、行くわ。じゃあ、またあとでね」

私は家族に手を振りながら、来客室から出た。扉の前にはいつものように専属護衛のキリアが佇んでいる。

「エステル様、こちらへ。閣下がお待ちです」

「わかったわ」

歩きなれたフリーベイン城内を、ウエディングドレス姿で歩くのはなんだかおかしな気分だった。

今日、私はこのフリーベイン城で、アレク様との結婚式を挙げる。

「なんだか不思議な気分だわ」

私のつぶやきを聞いたキリアは「皆、この日を待ちに待っていましたよ」と微笑む。

廊下の先にアレク様の姿が見えた。キリアはフッと笑う。

「一番、この日を待っていた方が、我慢できずエステル様を迎えに来られたようですね」

私の口元も緩んだ。

「アレク様」

「エステル」

　手を取り合って微笑み合う。

「いつも美しいが、今日は格別に美しいな」

「アレク様も、とっても素敵です」

　普段は黒い服を好んで着ているアレク様。今日の真っ白な装いは、もはや神々しい。

　美形は何を着ても美形なのに、着飾ったらとんでもない破壊力だわ。

　そんなアレク様が頬を染めながら、私の指先に口づけをする。

「エステル。あなたを生涯愛して、常に共にあり、決して裏切らないことを俺の命にかけて誓う」

「い、命って。そういうのは、これから行われる結婚式で神様に誓うものでは？」

「神に誓っても、その約束を破る者もいる」

「そうですけど……」

「それに我が国の守り神だった元大聖女様なら、あそこで花束を持ってエステルが来るのをそわそわしながら待っている」

　アレク様の視線の先では、満面の笑みのルーシャが手を振っている。

「今のこの国では、神に誓っても意味がない」

「だからって命をかけなくても……」

「それくらい、エステルのことを愛していると伝えたかった」

まっすぐな言葉は私の鼓動を速くする。私は彼の気持ちに全力で応えたい。

「私もアレク様を愛しています。命にかけて誓います」

ゆっくりとアレク様の顔が近づき唇が重なる。唇が離れると幸せそうなアレク様の笑顔が見えた。きっと私も彼に負けないくらい幸せそうな顔をしているはず。

「じゃあ、行こうか」

「はい」

こうして私達は、結婚式で行われる誓いより、深くて重い愛の誓いを交わした。私たちの行く先には光が降り注いでいる。

これから先何があろうと、私達のこの誓いが破られることは決してない。

おわり

あとがき

こんにちは、来須(くるす)みかんと申します。初めましての方、本書を手に取ってくださり、ありがとうございます。そして、いつも応援してくださっている方もありがとうございます。おかげさまで、また書籍を出してもらえることになりました！

素敵なイラストを描いてくださったのは萩原凛(はぎわらりん)先生です。担当様からイラストが届くたびに、その美しさに感動しておりました。ありがとうございます!!

本書は『聖女が主人公のお話を書いてみたい』と思ったことがきっかけで、小説投稿サイト『小説家になろう』さんで連載をスタートしました。

初めは、エステル達が暮らすゼルセラ神聖国内だけで終わるこじんまりとしたお話になる予定だったのですが、書いているうちに『あれ？　聖女が主人公なのだから、もっと話を広げないといけないような気がする？』という私の思い込みでこういう話に落ち着きました。

他にもオグマートは早々に退場する予定だったのですが、連載中に読者さんから「オグマートが好き!!」と熱いメッセージをいただいたんですね。

そういうことならと、急きょ最初から最後までオグマートに出演していただきました。私としても、個性的なキャラは性格がブレず書き易いので有難かったです。

そんな感じで、エステルとアレクの物語を楽しく書かせていただいたのですが、最後まで悩んだことがありました。

それは『ルーシャのその後を書くかどうか』です。結局、蛇足のような気がして書かなかったのですが、以下は、もし書いていたとしたら、こんな話になっていただろうな、という私の想像です。

ルーシャはアレクとエステルの世話になっているけど、そのうち昔みたいに村にある小さな家で暮らしたくなるかも？　でも、ルーシャ一人で暮らすのは危ないので、アレクが絶対に護衛をつけるだろうな。その護衛がルーシャの元夫の生まれ変わりだったら、最高に盛り上がるなぁ（↑私が）。

ちなみに、元夫は前世の記憶がないんですよ。ルーシャは護衛が元夫の生まれ変わりだと気がついているけど、二人の過去が悲恋だったので、何も伝えずなかったことにしようと思いそう。でも、元夫は記憶がないのに、無意識に昔のようにルーシャを愛してしまうんです。モヤモヤしつつ少しずつ心を許してしまうルーシャ。そして、何かをきっかけに元夫も前世を思い出して（個人的に、魔物に襲われたときに、ルーシャがまた自分を犠牲にしようとして、元夫がブチ切れて前世の記憶を思い出すのがいいです）、今度こそ二人で幸せになってくれ‼　と思ったんですが、そうなると途中から主人公がルーシャになってしまうという。

ルーシャが主人公なら、題名は『元・生贄聖女は一人でスローライフを満喫したい、でも前世の夫が離してくれません』とか？　聖女なのに夫がいるんかい⁉　と、なかなかツッコミどころがある題名になってしまいますね。

他には、新しい聖女マリアと隣国カーニャのフィン王子を会せたら、聖女愛トークで盛り上がりそうだなぁと思っていました。マリアも十分主人公になれるんですよね。とまぁ、いつもこんな感じに想像を広げていって楽しく小説を書いています。


最後になりましたが、書籍化してくださった出版社の方々、本当にありがとうございました。特に担当様、校正様、私の誤字脱字や適当な日本語で、多大なご迷惑をおかけして大変申し訳ありませんでした。心の底からありがとうございます。

そして、このお話はなんとコミカライズが進行中です。そちらもぜひぜひよろしくお願いします‼　私もすごく楽しみです！

他にも書籍やコミカライズが発売しているので、よければ『来須みかん』で検索してみてくださいね。【ハッピーエンド】と【溺愛】は、どの作品でも確約です。

ここまで読んでくださりありがとうございました。楽しんでいただければ幸いです。

ファンレターはこちらの宛先までお送りください。

〒110-0015　東京都台東区東上野2-8-7
笠倉出版社　Niμ編集部

来須みかん 先生／萩原凜 先生

捨てられた邪気食い聖女は、血まみれ公爵様に溺愛される
～婚約破棄はいいけれど、お金がないと困ります～

2024年10月1日　初版第1刷発行

著　者
来須みかん

発 行 者
笠倉伸夫

発 行 所
株式会社　笠倉出版社
〒110-0015　東京都台東区東上野2-8-7
[営業]TEL　0120-984-164
[編集]TEL　03-4355-1103

印　刷
株式会社　光邦

装　丁
AFTERGLOW

Niμ公式サイト　https://niu-kasakura.com/

ISBN　978-4-7730-6446-9
Printed in Japan